目次

# 第一章　訪問者

一

うす桃色の花びらが風に舞いながら、ふわりと落ちた。一枚三枚と、それはつぎつぎと舞い込んできて文机《ふづくえ》のそばに広がった。

桜……。

診察部屋で「蔵志《ぞうし》」という人体解剖書を読んでいた菊島龍安《きくしまりょうあん》は、ついと面《おもて》をあげて庭に目を向けた。桜の花びらが風に散って、吹雪《ふぶき》のように舞っていた。

その花びらをつかもうとして、愛猫の小春《こはる》が追いかけまわしている。後ろ脚で立ち、前脚で引っかこうとするが、花びらは爪を立てた小春の脚をするりと抜けていた。

その愛らしさに思わず笑みを浮かべた龍安は、ぬるくなった茶に口をつけて「蔵

志」を閉じた。

「久太郎《きゅうたろう》、そろそろまいる」

声をかけると、土間に弟子の久太郎が姿を現した。

「いつでも支度はできております」

うむとうなずいた龍安は、黒紗無紋《こくさむもん》の十徳《じっとく》を羽織って土間にある雪駄《せった》を履いた。

「精蔵《せいぞう》はいかがした？」

龍安は一度台所のほうを振り返ってからいった。もう一人の弟子である小野《おの》精蔵がいないのが気になった。これは弟子になってほどない男で、元は龍安と同じ武士だ。

「薬を仕入れに行っています」

「それは感心。よく気が利くものだ」

「先生が薬が足りないといっていたでしょう。おいらが行くといったんですが、精蔵さんがまかせろというんで……」

「さようか。ま、よい」

龍安はそのまま家を出た。

朝の診察で風邪薬が足りなくなっていた。陽気はすっかりよくなっているが、この時期は突然、寒《かん》の戻りがあり、油断して風邪を引く者が多い。

「先生、花見はいかがします？　いまが盛りの時期です」

薬箱をさげている久太郎が話しかけてくる。股引《ももひき》に膝切《ひざき》りの着物というなりである。元は大工で、きかん気の強い目をしている。横着な一面はあるが、生来の負けず嫌いが努力家にさせている。その一面が龍安の気に入るところであった。

「そうだな」

「なにしろ年に一度のことですからね。花の命は短いし……」

「うむ」

龍安は半分聞き流して歩いている。横山同朋町《よこやまどうぼう》の家を出た二人は、横山町、馬喰《ばくろ》町と過ぎ、そのまま神田川のほうに向かっていた。

「先生、聞いてんですか？」

久太郎が追いかけてきて、龍安をのぞき込むように見た。

「聞いておる。花を愛《め》でるのはよいことだ。都合がつけば、おたねに弁当を作ってもらい精蔵と出かけよう」

「やった。おたねさんは料理が上手ですからね」

久太郎は顔をほころばせた。

おたねというのは、通いの下女である。一日置きに通ってきて飯の煮炊きや掃除洗

濯、裁縫などをこまめにしてくれる。五十の坂を越した女だが、なかなかの働き者だった。

龍安は屋敷地のところどころに見える桜の花に目を向けた。

どこからともなく鶯《うぐいす》の甲高《かんだか》い声がわく。日の光を受ける桜は、たしかにいまが見ごろで、可憐な花びらをまぶしく見せている。

柳原《やなぎわら》通りを突っ切って新シ橋《あたらばし》をわたった。ちらちらと輝く神田川を一艘の荷舟がゆっくり下っていた。

龍安と久太郎はそのまままっすぐ進み向柳原《むこうやなぎわら》に入った。このあたりは大名屋敷が多い。往診先は、対馬府中藩《つしまふちゅう》上屋敷の北側にあった。ここは御徒組《おかちぐみ》の組屋敷地で、訪ねたのは表通りから四軒目の家だった。

「ごめん。菊島龍安だ。寺内《てらうち》殿、おられるか」

玄関の戸は開いているので、そのまま屋内に声をかけた。

「先生、いらっしゃいませ。旦那さんはまだお帰りではありませんが、どうぞ」

奥の台所から現れたのは、女中のお久《ひさ》だった。

「美津《みつ》殿の具合はどうだ？」

「いつもと変わりません」

龍安はそのまま式台《しきだい》をあがって奥座敷に向かった。襖《ふすま》の前で立ち止まり、

「菊島龍安だ。開けてよいか」

と、訊《たず》ねた。すぐに「どうぞ」と、か細い声が返ってきた。

襖を開けると、床に寝ていた美津がゆっくり半身を起こし、寝間着の乱れを整えた。

顔色はよくない。

「食は進むようになっただろうか……」

龍安は乱れた髪を指で整える美津の目を見る。濁ってはいない。かすかな充血もとれたようだ。

「少しはいただきました」

「食って力をつけないと体が弱る。いちどきに食うことができなければ、何度でも小分けにして食べることだ。手を借りるぞ」

龍安は美津の手をつかんで、脈を診た。

乱れはないが、か細い手には静脈が浮いていた。

「口を開けてくれ」

美津はいわれたとおりに、上を向いて口を開いた。龍安は舌を診るが、きれいだった。

「熱は下がったのだな」

「はい、お薬が効いたようです。ありがとうございます」

「立てるか?」

美津は力なく首を横に振った。

「……人の手を借りぬとだめか」

「いつまでもこうではだめだと思うのですけれど……」

龍安は慈姑頭《くわいあたま》を指でかき、どっしりした鼻の脇をこすった。涼《すず》やかで怜悧《れいり》な目を、開け放してある障子の向こうへやった。小さな庭があり、細い竹藪《たけやぶ》の根方に小さな白い花を咲かせている雪柳があった。花は竹藪を抜けてくる数条の日射しを受けている。

「そなたは心の臓も悪くない。脚気《かっけ》でもない。労症《ろうしょう》を患《わずら》っているわけでもない」

龍安は美津に目を戻して、言葉を継ぐ。

「病《やまい》は気からというが、何か悩みでも抱えているのではないか?」

龍安の視線を外《はず》した美津は、ふうと小さなため息をついた。

「悩みはわたしがこうして床に臥《ふ》せていなければならないことです。どうして、こうなってしまったのか……」

「その他に悩んでいることは、ないと申すか」

美津は顔をあげて、「はい」とうなずく。

「薬はしばらく飲まないほうがよい。唯一の薬は食べることだ。無理せず、少しずつでよいからなるべく食べるようにいたせ」

「心がけます」

龍安はまた来るといって美津の寝間を出た。

「お久、今夜でも明日でもよいが、寺内殿に一度わたしの家に来るように申し伝えてくれるか」

「承知いたしました。いま、お茶をお出ししますので……」

「いや、それはよい」

龍安は親切を断って玄関を出た。

二

「あのご新造、いったい何の病気なんでしょうね」

表に出るなり久太郎が聞いてくる。

「それがわかれば苦労はせぬ。それにしても何がさわっているのやら……」

龍安にも美津の病気が何であるか判断できなかった。最初は脳症《のうしょう》かと思ったが、どうもその節はない。美津の思考はいたって明瞭である。

「先生、寺内さんですよ」

と、久太郎が前からやってくる武士をそれとなく見やった。

美津の夫、寺内弥之助《やのすけ》だった。羽織袴《はかま》姿だが、どことなくよれた身なりである。それでも供《とも》に小者《こもの》と中間《ちゅうげん》をつけていた。

「これは先生」

弥之助のほうが先に声をかけて立ち止まった。

「美津の往診にまいられたのですね」

「診てきたところだ。いましばらく様子をみないとどうにも判断ができぬ」

「先生にもおわかりにならないと……」

弥之助は眉を曇らせた。

「ついてはその件で話したいことがある。いまもお久に伝えてきたところだが、都合がつくなら今夜にでも拙宅に足を運んでもらえまいか」

「何かよくないことでも……」

弥之助の目に不安の色が浮かんだ。

「それは会ってから話す。こんなところで立ち話もできぬし、わたしはつぎの患者宅に行かねばならぬ」

「……わかりました。あまり遅くならない時刻に伺うことにいたします」

「では、待っている」

互いに辞儀をしてその場で別れた。

龍安は、神田佐久間町にある材木問屋に足を向けた。


「おまえたちはもうよい。帰っていい」

弥之助は自宅に帰りつくなり、供に連れていた中間と小者にいった。二人とも通いで、出勤の行き帰りにだけ雇っている者だった。節約のためである。

座敷にあがった弥之助は、羽織を脱いだだけで、妻が臥せっている寝間を訪ねた。

「そこで龍安先生と会った。診てもらったそうだな」

弥之助は美津の枕許《まくらもと》に座った。

「脈を取っていただきましたが、薬は出していただけませんでした」

「薬が出なかった……」

つぶやいた弥之助は、

（あの医者もやぶでは……）

と思った。もしくは薬も効かない病気なのか。

風が吹き込んできたので、ついと腰をあげて障子を閉め、再びもとの場所に戻った。

「薬が出ないというのは、それだけ快方に向かっているということだろう」

気休めかもしれないが、弱っている美津にはそういうしかない。

「そうであればよいのですが、わたしは日に日に自分の体が弱っているのがわかります」

「それは飯を食わないからだ」

「先生もおっしゃいました。無理をせず、小分けにしてでも食べろと……」

「さようか。しからばそう努めるのだ。厠《かわや》はどうだ」

「お願いいたします」

弥之助は美津の体を起こしてやると、肩を貸して厠に向かった。わずかな距離なのにそうしないと美津は歩くことさえままならなかった。歩く手助けをする弥之助には、美津の体が以前に比べて軽くなっているのがわかる。

厠の表で待つ弥之助は手水鉢《ちょうずばち》をぼんやり眺めた。日陰ではあるが、水は光を照り返していた。あの龍安という医者も手に負えなければ、もう一度転薬《てんやく》（医者替え）をす

べきかと考える。以前に診てもらった医者は、すぐに労症だと病名をくだした。しかし、美津は咳《せき》をするわけでも血を吐くわけでもない。いたずらに薬を飲ませていたが、いっこうに効き目がなかった。そこで、菊島龍安という医者の話を聞いて診せたのだが、それもまちがっていたのかもしれない。

（どこかによい医者はおらぬか）

弥之助は遠くの空を見あげて、明日にでも上役に聞いてみようかと思った。しかし、龍安に呼ばれていることが気になる。何やらよくない病気だとわかりでもしたのか……。

背後で物音がして、美津が壁を伝うように厠から出てきた。弥之助はさっと立ちあがると、美津が倒れないように手を貸してやった。

「いつも申しわけありません」

「夫に遠慮はいらぬ。さあ、手を……」

弥之助は美津の手を洗ってやり、手拭《てぬぐ》いでふいてやった。自分が留守をしているときはお久が介添《かいぞ》えをしてくれるが、美津は遠慮深い女だからあまり無理は頼めないといっている。なるべく弥之助が面倒をみてやるしかなかった。

「桜が満開だ」

弥之助は寝間に戻り、美津を横にならせてからいった。美津が口許《くちもと》に頼りなげな笑みを浮かべて見てくる。

「ごいっしょに花見ができればよいですね」

「来年はできよう。そのために病を治そうではないか」

「はい」

「今夜は少し出かけてくる」

「どちらへ?」

「上役に呼ばれているのだ」

龍安の家に行くといえば心配をかけるかもしれないので、そういって言葉を足した。

「遅くはならぬ。さあ、休め」

弥之助はそっと布団をかけなおしてやった。

三

「麻黄《まおう》、杏仁《きょうにん》、桂枝《けいし》、甘草《かんぞう》をそれぞれ半斤《きん》ずつ擂《す》って、わけておけ。匙《さじ》加減はわたしのほうでやる。薬研《やげん》は見た目ほどやわな仕事ではないが、久太郎が得意とするとこ

ろだから教えてもらうとよいだろう」

龍安は精蔵がその日求めてきた生薬を見て、手許にあったものとあわせて指示をした。教えを受ける精蔵は真剣な顔つきである。

「風邪には葛根湯《かっこんとう》がある程度有益だが、わたしは咳や関節の痛みが強い者には麻黄湯をうまく調剤して使ったほうが効果があると、このごろ考えている。生薬にどんな効き目があるか、それはおいおい勉強してゆけばよい。暇なときにわたしの手許にある書物を読むことだ」

「先生のものをお借りしてよいのでありますか」

精蔵は身を乗りだして聞く。

「好きに読め。できれば書写を勧める」

「では、そうさせていただきます。それにしても、覚えなければならないことがたくさんありますね」

弟子になりたての精蔵は目を輝かせ感心顔だ。

「医道は奥が深い。すでに申しているが、一年や二年で覚えられるものではない。それにもっともっとわからないことがある。おそらく病を治す術をきわめるには一生かかっても足りないはずだ」

「一生勉強ということですか」

「命尽きるまで勉強だ。さあ、今日はもう遅い。さしずめこれを読んでおくとよいだろう」

龍安は貝原益軒《かいばらえきけん》の『大和本草《やまとほんぞう》』の一部を渡した。

「はは、ありがたくお借りいたします」

精蔵は人のよさそうな下がり眉をさらに下げて押し戴《いただ》くと、診察部屋を出ていった。

ひとりになった龍安は、障子半分を開けている表を見た。すでに日が落ち、闇が迫っている。つい先ほどまで、空には日の名残があったのだが、星がまたたいていた。龍安は床の間の両脇にある百味簞笥《ひゃくみたんす》と薬種棚が、燭台《しょくだい》のあかりに染まっていた。龍安は膝許《ひざもと》に広げていた生薬を丁寧に包みなおし、薬種棚にしまって居間に移った。

「先生、酒をつけますか」

おたねが作った夕餉《ゆうげ》の膳部《ぜんぶ》を揃《そろ》えていた久太郎が訊ねた。

「酒はあとにしよう。寺内弥之助殿が来ることになっている。酒を飲んで話はできぬ」

「それじゃ飯を……」

久太郎が飯をよそおうとしたとき、玄関で訪《おとな》いの声があった。

「どうやら来たようだ。先に飯を食っておけ。わたしはあとにする」

「それじゃお茶を……」

龍安が茶の支度にかかった久太郎を残して玄関に行くと、戸の前に寺内弥之助が立っていた。龍安は土間をあがった座敷にいざなって、弥之助と向かい合った。そこは通い療治にやってくる患者たちの待合いである。その奥が診察部屋だが、衝立《ついたて》で間仕切りをしてあるだけだった。

「遅くなりました」

と、謝《あやま》って頭を下げる弥之助は、普段着を着流していた。

「そこで人に会いましたが、こちらの方でありましょうか？」

「最近入った弟子だ。侍をやめたばかりの小野精蔵という」

「さようでしたか」

久太郎が茶を持ってきてさがった。

「それで美津殿のことだが……」

龍安は早速本題に入った。

「どうも病気の原因がわからぬばかりか、何の病気かもわからぬ」

弥之助はわずかに顔をしかめた。

「はじめに診たとき、脳症《のうしょう》を疑ったのだが、そうでもなさそうだ。脚気でもないし労症でもない。そこで訊ねるが、美津殿は近所の者たちとの付き合いはあるだろうか？」

「元気なころはそれなりに……」

「揉《も》め事などで気に病んだりしたとか、そのようなことはどうだろう」

「これはまた異な事をお訊ねになりますな」

「気を悪くされては困るが、病は心気《しんき》からくることが多々ある。つまり心を病むことによって体がすぐれなくなるということだ。食欲をなくし、気力が萎《な》え、何もする気が起きなくなる。そうなれば自ずと体は弱っていく。かといって、とくに悪い疾病があるわけではない。すると、人間関係に問題があるのではないかと思うのだ」

「はあ……」

「何か心あたりはござらぬか？」

弥之助は実直そうな面長な顔にある目を、宙に彷徨《さまよ》わせて考えた。

「あれは気のやさしい女ですから、近所付き合いもうまくやっておりましたし、里のほうでもとくに気になるようなことはないはずです」

「里はいずこだ？」

「生まれは川越《かわごえ》ですが、育ちは板橋《いたばし》です。親はとうに死んでしまい、兄弟もおりませんが……」

「たしか後妻であったな」

「はい」

「美津殿はどうなのだ。そなたと夫婦になる前に誰か……」

「それはいません。あれは苦労人で、浅草《あさくさ》の海苔《のり》問屋に奉公したり、とある旗本家で奉公したりしておりましたから、婚期が遅れたのでございます」

弥之助は遮《さえぎ》っていった。

「その奉公先ではうまくやっていたのだろうか……」

龍安は茶に口をつけて弥之助を見る。

「それはもう二年も前のことです。昔のことを気に病んでいるとは思えません。それに気に病むようなことがあったのかどうかわかりませんし……」

「ふむ」

「先生、いったい美津の病気は何なんでしょう？　ああやって臥せているのですから、病にかかっているはずです。先生はわからないとおっしゃいますが、医者ではありませんか」

弥之助はやや咎《とが》め口調になった。龍安を責める目つきでもある。

「しいていえば風病《ふうびょう》だろう」

「風病……」

「どうにもとらえにくい病《やまい》をそう呼ぶ。いまの医術ではわからぬ、どうしようもない難病かもしれぬが、その多くは神経が蝕《むしば》まれることに因《もと》がある。しばらく転地療養をしたらどうだろうかと考えるのだが……」

「転地療養ですか」

「居場所が変われば気分も変わり、心が爽快になる。そのことで体調がよくなることがある。ものはためしと思ってやってみる価値はあると考える」

「そんなことで病気が治るとはとても……」

弥之助は首を振って、その先の「思えない」という言葉を呑《の》んだ。

「無駄だと思わずにやってみてはどうだろう」

龍安はあくまでも勧める。弥之助は大きなため息をついた。そこで龍安はついと立ちあがると、隣の部屋に行き、前もって用意していた薬を持って戻った。

「転地療養が無理なら、これをしばらく飲ませてくれ。少しは食が進むようになるはずだ」

それは甘草と半夏《はんげ》を主成分とした丸薬だった。胃腸機能を高めて気分をよくする効能があった。

四

龍安の家を辞した弥之助は、立ち止まって後ろを振り返った。

（あの医者、やはりやぶではないか……）

そう心の内で吐き捨てて、再び歩きだした。病気がわからぬから転地療養をさせろなどと、わけのわからぬことをぬかしおって。それで病気が治れば医者などいらぬわと、弥之助の心はささくれていた。

しかし、その苛立《いらだ》ちは龍安のせいだけではないと、弥之助にはわかっていた。転地療養には金がかかる。弥之助にはその余裕がなかった。

徒組にいるとはいえ、七十俵五人扶持《ぶち》の下士《かし》である。日々のやり繰りに苦労しているし、以前美津を診たやぶ医者の薬礼《やくれい》も滞《とどこお》ったままである。毎月晦日《みそか》に払う約束になっているが、下げたくない頭をやぶ医者に下げて、払いを待ってもらっている。

徒衆の御家人身分ではおよそ出世など望めず、この先も暮らしが楽になるとは思え

なかった。家来や女中の給金をけちってはいるが、それでも台所事情は苦しかった。

ただ、龍安という医者にはよいところがある。

――わたしにはまだ見当をつけられぬ病ゆえ、薬礼はいらぬ。

そういうのだ。ありがたいことだが、もらった薬が効くかどうかそれもわからない。

とにかく明日は上役に相談して、腕のある医者を紹介してもらおうと考えた。

「早かったですね」

家に帰り、美津の寝間を訪ねると、美津は目だけを動かしていった。

「さしたる話ではなかったからな。ついでに龍安先生の家に寄って薬をもらってきた」

「先生の家に……」

「これを飲めば少しは食欲が出るそうだ。早速飲んでみるか」

美津がうなずくので、弥之助は台所に行って水を汲《く》んできて、もらった薬を飲ませた。

「明日の朝は少し食べられるようになればよいな」

「はい、そうしたいです」

弥之助は美津の口の端にこぼれた水をふいてやった。

「鳴瀬《なるせ》様のお話はどんなことだったのです？」

弥之助は出かける際に、上役の鳴瀬宗兵衛《そうべえ》の名を口にしていた。

「なに、花見の件だ。のんびりしたことをいうものだとあきれたよ。そんなことならわざわざ呼びだすこともなかっただろうに……」

嘘も方便だが、そうとでもいうしかなかった。

「いつお花見を……」

美津は首だけを動かして弥之助を見た。あわい行灯《あんどん》のあかりを受ける美津の顔は蒼白である。

「断ってきた。妻が床に臥しているときに、楽しく酒など飲めぬからな」

「遠慮なさらずに、いらっしゃればよいのに」

「おれはああいう騒ぎはあまり好かぬ。好き者でやればよいだけのことだ。それより美津、訊ねたいことがある」

弥之助は襤褸《ぼろ》が出ないうちに話題を転じた。

「そなた、気に病んでいるようなことはないか？」

弥之助は美津を見つめながら、龍安をやぶだと思っているくせに、龍安に聞かれたことを口にしていると自分を嘲《あざけ》った。しかし、ここはたしかめるべきだと思いもする。

「隣近所のご新造に気に入らぬ者がいるとか、昔世話になったところでいやな思いをしたとか、そんなことだ」

「それは……」

美津は天井に目を向けたまましばらく黙り込んだ。

行灯の芯がジジッと鳴った。

「なければよいのだが、もしそのようなことがあれば話してくれぬか。心の病が体に変調をきたすことがあるらしいのだ」

「いいえ、そのようなことはありません」

「……ひょっとすると、この家の風が悪いのかもしれぬな」

弥之助はそういって、隙間風《すきまかぜ》の入り込んでくる障子を見た。

「そんなことはありません。わたしはこの家を気に入っております」

「ならば、どこか静かなところでしばらく療養するというのはどうだろう」

弥之助は自分のことを疑りたくなった。さっき龍安が提案したことを口にしている。

馬鹿なことだと思いつつ、そのことを気にかけているのだ。

「どこかよいところがありますか？」

「気に……」

「そなたにその気があるなら探してみるが……」

「そうですね」

美津はまんざらでもない顔つきになって言葉を足した。

「静かで景色のよいところに行けば、少しはよくなるかもしれません」

「そう思うか?」

弥之助は信じられない思いで、目をしばたたいた。

「でも……贅沢なことです」

「金のことなら心配はいらぬ。どうにでもなる。もっとも、いますぐ返事をしろとはいわぬ。何分にも唐突なことだから、一晩考えるとよい」

「それではゆっくり考えてみます。でも、無理はなさらないでください」

「気を遣うな」

弥之助はやさしく微笑《ほほえ》んでから、居間に移った。

安酒の残りがあったのでそれに口をつけ、いったいおれはあの龍安という医者を小馬鹿にしているくせに、結局はいわれたことを鵜《う》呑《の》みにしているではないかと、自分をなじった。

（しかし、美津が転地療養をするといったら……）

どうしようかと、弥之助はぐい呑みを口の前で止めて考えた。行く場所はともかく、それには金がかかる。美津が行くといえば、行かせてやりたいが金を工面しなければならない。

「こうはしておれんか……」

声に出してつぶやいた弥之助は酒をあおると、内職にかかることにした。竹細工である。作るのは篠竹《しのだけ》を使った笊《ざる》や弁当箱、あるいは魚籠《びく》だった。

「お頼み申す」

玄関に声があったのは、内職にかかろうとした矢先だった。

「どなたで……」

「石塚《いしづか》だ」

同じ組屋敷地に住む石塚孫兵衛《まごべえ》だった。玄関に行き猿《さる》を外して戸を開けると、色の黒い馬面《うまづら》が目の前にあった。愛想のない男でいつものように暗い眼差《まなざ》しで見てきた。

「いかがした」

「明日は非番であろう」

「それはおぬしも同じではないか」

「そうだが、明日は忙しいか？」

「とくに急ぎの用はない」

「ならば都合がよい。柴原庄兵衛《しばはらしょうべえ》様がおぬしに大事な話があるので、明日屋敷に来てくれということだ」

「柴原様が……」

組頭《くみがしら》である。

「あまりよい話ではなさそうだ。心して行くがよい。では、しかと伝えた」

「待て」

弥之助は帰ろうとする石塚を、慌てたように呼び止めた。

「よい話ではないというなら、おぬしには察しがついているのであろう」

弥之助はにらむように石塚を見た。

「おそらく役目のことだ。詳しいことは明日わかるはずだ」

石塚は背を向けて帰っていった。

その後ろ姿を見送った弥之助は、妙な胸騒ぎを覚え、表情をこわばらせた。

# 五

鳥のさえずりで浅い眠りから覚めた弥之助は、雨戸の隙間から入ってくるほのかな光を眺めた。昨夜組頭の使いでやってきた石塚の言葉が、頭に引っかかっていた。

石塚は「あまりよい話ではなさそうだ」と、いった。

おそらく役料《やくりょう》のことだろうと、弥之助は薄々感づいていた。

弥之助は五人扶持をもらっている。一人扶持は一日玄米五合の勘定で、月俸一斗五升となる。弥之助の場合は五人だから一日二升五合、一年で九石である。美津との二人暮らしだから、当然あまりが出る。

しかし、本来扶持は家来を雇う給金である。弥之助は五人扶持であるから、自分をのぞいて四人の家来を雇わなければならない。それが扶持米の意味である。

しかし、弥之助は中間・小者・女中の三人しか雇っていない。決まりでは一人足りないことになる。それも、家来には登城日に来てもらうだけだ。美津のことを思い、切り詰めているのだが、支給される給金を横領していると考えることもできる。

徒衆のなかには暮らしがきついので、組屋敷に別棟を建てて他人に貸して賃料を取

っている者もいるが、弥之助にはその才覚がなかった。ゆえに支給される禄でまかなわなければならない。規定どおり家来四人を雇えば、それだけ苦しくなる。くわえて美津が病に倒れて以来、医者の費用に金がかかっている。

窮余《きゅうよ》の一策で、雇う家来を一人減らし、それも必要のあるときだけ呼ぶことにしているのだが、それでも人件費は月々出てゆく。以前診てもらった医者の薬礼も滞っている。

台所事情が苦しいのは弥之助だけではない。同輩の徒衆も汲々とした暮らしぶりである。だからといって決まり事を破ることは許されない。

弥之助は天井を向いたまま唇を嚙《か》んだ。

（組頭の呼びだしを断ることはできないか……）

胸の内でつぶやいた弥之助は夜具を払って起きた。そのまま隣の寝間に行き、

「美津……」

声をかけると、美津が頭を動かして見てきた。

「おはようございます。今日も天気がよさそうですね」

「うむ。厠に行くか」

「お願いします」

弥之助は美津を抱き起こすと、肩を貸して厠に行き、いつものように用を足させた。待っている間、雨戸を開け、家のなかの空気を入れ換える。鳥たちが楽しげに歌っている。庭の木々は夜露に光り、空に浮かぶ雲はきれいな朝焼けに染まっていた。

「美津、大丈夫か？」

「はい」

厠には美津が倒れないように、把手《とって》をつける工夫をしていた。しばらくして戸が開き、美津が倒れそうになって出てくる。弥之助はその体を抱きとめて、手を洗ってやり、寝間に連れ戻した。

「あなた様、わたし考えました」

横になるなり美津はそういった。

「なんだ」

「昨夜のお話です。わたし行ってみたいと思います。そうすれば気分も変わり、少しはよくなるような気がいたします」

「……そうか」

弥之助はしぶい顔になる自分に気づき、すぐに取り繕《つくろ》った。

「おまえがそういうなら考えよう。その前に今朝は食べてくれよ」

「いつも申しわけありません」

弥之助は台所に行くと、竈《かまど》に火をつけ、それから井戸端に行って洗面をしてひげを剃《そ》った。髷《まげ》も整える。登城日には髪を結いなおしたりするが、それも極力自分でやるようにしていた。

非番の日は忙しい。炊事、洗濯、掃除をすべて自分でやらなければならない。しかし、それにもだんだん慣れてきた。美津のために粥《かゆ》を作り、自分用の粗末な食事も作る。

「どうだ、昨日もらった薬の効き目はあるか?」

美津の寝間に粥を持ってゆき訊ねた。

「今朝はいつもより食べたいと思います」

「それはよいことだ」

弥之助は匙《さじ》を使って美津に食べさせてやる。うすい粥には蜆《しじみ》を入れてある。少しでも滋養のあるものを食べさせたいという弥之助の心配《こころくば》りだった。寝間には障子越しのあわい光が射し込んでいた。

龍安からもらった薬の効能か、美津はいつもより多めに食べた。それでも茶碗半分

ほどではあったが。

「どこかよいところがありますでしょうか……」

食事を終えたあとで、美津はまた転地療養のことを口にした。すっかりその気になっているようだ。

「今日にでも人に聞いて探してみることにする」

美津の体がよくなれば何でもしたいと思うが、すぐに金のことが頭の隅に浮かんでくる。遠くだと路銀《ろぎん》がかかるし、旅籠《はたご》に長く逗留《とうりゅう》もできない。それに美津には介添《かいぞ》えが必要だ。その費《つい》えもある。

居間に戻って質素な朝餉の膳についても、そのことを考えた。あまり遠くないところで、安い宿。介添えにはお久をつけようか……。

（こうなったら金を工面しなければならぬな……）

弥之助は目刺《めざ》しをかじって遠くを見る目になる。

食事を終えると、台所の片づけをして、半刻《はんとき》（一時間）ほど内職に没頭した。竹細工の笊や籠《かご》を作っても、たいした金にはならなかった。それでも何もしないよりはましだからつづけているだけである。

内職に一区切りつけてから着替えをして家を出た。組頭の柴原庄兵衛は、下谷《したや》御徒《おかち》

町に住んでいた。弥之助の家からさほどの距離ではない。

いったい何の話だろうかと、戦々恐々とした心境で足を進める。注意を受けるだけならよいがと、やはり心は穏やかではなかった。柴原の屋敷には、徒衆の屋敷と違い立派な冠木門《かぶきもん》があった。

開け放されている玄関に立ち、訪《おとな》いの声をかけると、柴原が奥の間から姿を現した。

「来たか。待っておったのだ。ま、あがれ」

そういった柴原は、歓待する顔ではなかった。しかも通されたのは客間でも、柴原の私室でもなかった。式台《しきだい》をあがったすぐの小座敷である。もっとも内密な話をするには、その部屋が都合よいように思われた。

弥之助は柴原と向かい合って座ると、威儀を正した。

「大事なことを伝えねばならぬ」

柴原は開口一番そういった。

六

弥之助は緊張の面持ちで柴原を見ていた。齢《よわい》五十過ぎの組頭で、組衆は陰で「石

頭」と悪口をいっている。鬢には霜が散っており、「石頭」といわれるように融通の利かない顔つきだ。強情さを表す厚い唇をしており、鼻も大きい。一重の目には人を畏怖させる威圧感があった。

「そこもとのことが、一月《ひと》前ほどから取り沙汰《ざた》されておってな。わしは聞いていながら知らぬふりをしていたのだが、そうもいかなくなった」

弥之助は黙したまま柴原のつぎの言葉を待つ。

「直截《ちょくさい》に申すが、そこもとは徒組におれなくなった」

弥之助は膝に置いている手をにぎりしめた。

「小普請《こぶしん》入りだ」

柴原の切って捨てるようなものいいに、弥之助は衝撃を受けると同時に深い落胆を覚えた。厳しい叱責を覚悟していたのだが、まさか小普請入りを宣告されるとは思ってもいなかった。小普請入りはこれまでの役目を解かれ、無役となり、小普請組支配の下に入ることになる。役料はもらえない。

「何故そのようなことに……」

聞かずにおれない弥之助の言葉はかすれていた。

「胸に手をあてればわかることだろうが、扶持米の使い方が悪いということだ」

（やはりそうであったか）

予想していたことだが、柴原にいわれると胸に応《こた》える。

弥之助はがっくり肩を落とした。

「そこもとが病気の妻を抱えて難渋しているのはわかっているが、お上の決めごとを破ることはできぬのだ」

「お訊ねしますが、それはわたしだけのことでしょうか？」

弥之助は柴原にまっすぐな目を向けた。

「そこもと同様に、扶持米に見合う家来をつけない者がいると申したいのであろう」

柴原は弥之助の胸の内を読んだことをいった。

「………」

「たしかにそのような者がいる。しかし、此度《こたび》の小普請入りの沙汰はわたしの一存ではない。上から下りてきたことだ。どうあがこうと逆らえることではない」

弥之助はため息をついて唇を噛んだ。

「だが、救いはある」

弥之助はさっと柴原を見た。鼻の脇に八の字に見える深いしわがある。

「そこもとの心がけ次第では、遠からず他の役への取り立てがあるかもしれぬ。その

ときは五番方のいずれかになるだろうが……」

　これにはわずかな驚きがあった。五番方に入ることができれば、ちょっとした出世である。五番方とは、小姓《こしょう》組、書院番、新番、大番、小十人組をいう。いずれも将軍の親衛隊的要素が強いが、徒組はその下の格だった。

「まことでございますか？」

「そこもとは東軍流《とうぐんりゅう》だったな。駿命館《しゅんめいかん》という道場では、なかなかの腕だったと聞いている。その腕を見込んでおられる方がいるのだ」

「お取り立てがあるのは願ってもないことですが、稽古からは遠ざかっております」

「ならば稽古をはじめればよいだろう。それから組屋敷のことだが、しばらくは越さなくてよいらしい。もっともいずれは明け渡さなければならぬだろうが……」

「役目はいつまで務められるのでしょう」

「たったいま、これをもって、そこもとの役目は解かれたことになる。したがって、もう役目には就かなくてよい」

「するとわたしはどこの組になるのでしょうか？」

　小普請組は全部で八組あった。各組には組頭がいて、その補佐をする小普請組世話取扱がいる。弥之助はその下にいる小普請組世話役の世話を受けることになる。

「それも追って沙汰があるはずだ。わしの話は以上だ。ご苦労であった」

弥之助は何か聞くことがあるはずだと思うが、柴原の強情そうな顔を見ると何もいえなくなり、

「ご面倒をおかけいたしました」

と、深々と頭を下げることしかできなかった。

弥之助はまっすぐ家に帰る気がせず、町屋を抜けて神田川の畔《ほとり》に立った。川には荷舟や猪牙《ちょき》が行き交っている。河岸場《かしば》では人足たちが元気に積み荷を下ろしたり積んだりしている。

川沿いにある柳は新緑をまぶしくしていた。ふいと足許を見ると、石垣の間に小さな土筆《つくし》が生えていた。弥之助は腰をかがめて、それを引き抜いた。

（どうにも運に見放されている）

指先で土筆をくるくる回しながら胸中でぼやいた。いつからそうなのかと考える。おそらく先妻の死がきっかけだったような気がする。

弥之助には後添《のちぞ》いの美津をもらう前に、七江《ななえ》という妻があった。世間によくある親に押しつけられての結婚ではなかった。七江とは相思相愛の仲だった。三年の交際をおいてめでたく同じ屋根の下に住むようになったのだが、それから二月ほどのことだ

った。

なんと七江が馬に蹴られて死んだのだ。馬の持ち主は五百石取りの旗本だった。しかも馬はちゃんと木に繋《つな》がれていた。

非は七江にあった。そばを通ったのが不運だったとしかいえなかった。

やり切れない怒りはあったが、相手に非がない以上涙を呑んで堪《こら》えるしかなかった。

愛妻を亡くした悲しみはなかなか癒えず、いたずらに年月が過ぎてゆき、気づいたときには三十になっていた。

――いつまでも独り身では不自由であろう。

以前の上役だった組頭がそういって世話をしてくれたのが、美津だった。しかし、美津は結婚して一年ほどで倒れて、いまに至っている。

（おれといっしょになる女には不幸がつきまとうのか……）

胸の内でぼやきながら、きらめく神田川の水面を眺めた。

金――。

ふいにそのことが頭に浮かんだ。徒組の役目を解かれたいまは、わずかな家禄に頼るしかない。雇っている女中と中間、小者に払う金はないからやめてもらうしかない。

だが、医者の借金が残っている。

（どうやって払えばよいのだ）

そのことを思うと、暗澹《あんたん》たる気持ちになった。美津の面倒も見なければならないというのに、この先どうやって生きていけばよいのだ。

先行きのめどの立たない弥之助は雲を眺めた。そういえばさっき、五番方に取り立てられるかもしれないといわれた。だが、気休めだろう。そんなことを期待しても詮《せん》無《な》いことだ。そう悲観するが、わずかな希望でも捨ててはいけないと思いもする。

柴原は駿命館での腕を見込まれて、取り立てられるかもしれないといった。

（ほんとうだろうか……）

たしかに昔通った駿命館では、腕を磨《みが》くために必死になっていた。道場内では目をみはる練達《れんたつ》ぶりと褒《ほ》めそやされ、いい気になってますます稽古に身を入れた。そのおかげで道場内で五本の指に数えられるまでになった。

しかし、七江の不幸な死をきっかけに、道場通いもやめている。もはや剣の腕は鈍り、かつてのようにいかないのはわかっていた。

（柴原さんの言葉を真に受けていれば、馬鹿を見るに決まっている）

弥之助は土筆を川に放って立ちあがった。

「これはよいところで会った」

そんな声が背後からかかった。

七

振り返ると菊島龍安が立っていた。往診の途中らしく、そばには久太郎という生意気そうな顔をした弟子もいた。

「今日は非番であったか。どうだ、美津殿は？」

「今朝はいつもより多く粥を食べました」

「ほう、それはよい兆《きざ》しだ。少し話ができまいか」

「かまいませんが……」

龍安はならばといって、まわりを見ると、近くにある茶店へいざなった。弥之助は同じ床几《しょうぎ》に腰をおろした。久太郎は少し離れた床几に座った。

「あとで様子を見に行こうと思っていたのだ。ちょっとよい場所があってな。その、美津殿の体によいところだということであるが……」

「転地療養のことですか、それでしたら」

「いや、金のことはとやかくいわぬ。わたしにまかせてもらえまいか」

龍安は遮《さえぎ》ってつづけた。

「場所は向島《むこうじま》だ。わたしの患者に金持ちの商人がいる。その者にそれとなく話してみたところ、使っていない寮《りょう》（別荘）があるという。役に立つなら使ってかまわないと申すのだ。その気があるなら、身のまわりのこともその店の若い女中がやってくれる。もっとも美津殿の考えもあるから、こっちから押しつけるわけにはいかないが、どうだろうか」

龍安はやさしげな笑みを口の端《は》に浮かべた。弥之助は目をしばたたいて、龍安を見返した。この医者は、なぜこんなに親身になってくれるのだろうかと不思議だった。

「寮は木母寺《もくぼじ》のそばだ。大川を眺めることができるし、ちょうど桜も見ごろである。気分が変われば、体の調子も戻るかもしれぬ」

弥之助は黙り込んで考えた。美津も転地療養をしたいと今朝いったばかりである。飛びつきたいほどのいい話だが、甘えてよいかどうか迷った。

「まだ美津殿には話しておらぬか」

「いえ、昨夜話して今朝返事を聞いたばかりです。いいところがあったら是非行ってみたいと」

「だったらいい機会ではありませんか」

そばにいた久太郎が口を挟んできた。

「しかし、わたしには薬礼を払えるほどの実入りはありません」

小普請入りをしたとは打ち明けづらかったのでそういった。

「それはさっきも申したであろう。金のことは心配いらぬと」

「しかし、ただというわけにはいかないでしょう」

いやいやと、龍安は首を振って人を包み込むような眼差しを向けてくる。この医者はこんなにおおらかな男なのかと、弥之助はわずかな驚きを覚えた。最初会ったときの印象とずいぶんちがう。

「寺内殿、わたしは医者として恥ずかしいのだ。目の前に病を抱えている患者がいながら治すことができない。そんなことではいかぬ。もちろん、この世には治らぬ病もあるし、手に負えぬ病もある。しかし、そんな病でもできるかぎりの力を尽くすのが医者のつとめだ。わたしはそう考えている」

「………」

「転地療養はわたしがいいだしたことだ。すべてはわたしが責任をもって取りはからう。少しでも美津殿の具合がよくなるように、できるだけのことをしたい。そうさせてもらえまいか。このとおりだ」

龍安が頭を下げたから、弥之助は慌てた。

「そんな先生、おやめください。頭を下げて頼むのはわたしのほうです。先生のご親切いたみいります」

「ならば受けてくれるのだな」

龍安が嬉しそうに見てきた。一見いかつくて、取っつきにくい医者だと思っていたが、弥之助はすっかり龍安を頼る気持ちになっていた。

「そこまでおっしゃってくださるのです。是非にもお願いいたします」

「よかった。では、追って細かなことを伝えることにいたす」

龍安と別れて帰路についた弥之助の心は複雑だった。役目を解かれたことを悲観していた矢先に、思いもよらぬ妻への救いの手が差しのべられたのだ。

だからといって自分の身上がよくなるわけではない。まずは雇っている中間と小者、そして女中のお久を解雇しなければならない。それに美津にも小普請入りを話さなければならないが、それはしばらく控えておこうと思った。正直に打ち明けたばかりに、病状が悪化してはことである。

自宅に戻った弥之助は努めて明るい顔で、転地療養がかなうと話した。

「あの龍安という医者、やぶだと思っていたが、案外親切な人でな。そなたの体のこ

とを思って、あれこれ気を回してくださったのだ」

「それはありがたいことです」

「薬礼もいらないといわれた。患者を治すのが医者のつとめだから、できるだけのことをしたいとな」

「なんとやさしい方なんでしょう」

「明日にでも詳しいことを話しに来てくださるそうだ。体を拭《ふ》こうか……」

「お願いできますか」

弥之助は待っておれといってから、台所に手水盥《ちょうずだらい》と手拭《てぬぐ》いを取りに行った。風呂に入れない美津の体を拭いてやるのは習慣になっていた。冬場は寒いので、使用人の来ない暖かい日に体を清めるようにしていたが、これからは陽気がよくなってくるので夜もできる。しかし、転地療養をしに行ったら、そのことを誰がやってくれるだろうかと、わずかな不安を覚えたが、それも龍安に相談すればよいだろうと思う。

それに向島は遠いところではない。どうせ暇な身になったのだから、ちょくちょく訪ねて行けばすむことである。小普請入りを受けた落胆は消えていないが、美津の容態がよくなれば、いずれ自分にも運が向いてくるだろうと思いもする。

手水盥に水を満たしたとき、玄関に人の声があった。振り向くと、開け放された戸

の向こうに二人の男が立っていた。身なりのいい武士である。

（もしや、小普請組世話役の使いでは……）

そう思って玄関に行くと、

「寺内弥之助殿でござろうか」

と、恰幅《かっぷく》のいい男が訊ねてきた。薄柿《うすかき》色の小袖に黒の袖無しの羽織姿だ。目が鋭く、いかにも強面《こわもて》である。後ろにいる男もどことなくかたい表情だった。

「さようですが……」

「拙者は浅尾新十郎《あさおしんじゅうろう》と申す。折り入っての相談があってまいった」

「相談……小普請組の方でしょうか？」

浅尾は「いや、ちがう」と首を振って、連れの男をちらりと振り返った。

「どんなご用件かわかりませんが、座敷のほうへ」

「いや、表がよい。こちらには病妻がいるらしいからな」

浅尾はそういって表に少し戻った。弥之助は釣られるように表に出て、二人と向かい合った。

「金になる仕事をしてもらいたい」

浅尾は一度目を家の奥に向けてから、いきなりそんなことをいった。

# 第二章　襲　撃

一

「いったいどんなことで……」

弥之助《やのすけ》は突然訪ねてきた見も知らぬ二人の男を用心深く眺めた。

「貴公、東軍流《とうぐんりゅう》を修めているらしいな」

浅尾《あさお》は値踏みするような目を向けてくる。色は黒いが、細面《ほそおもて》で目鼻立ちの整った男だった。

「稽古からは遠ざかっておりますが……」

「だが、かなりの腕だと聞いている。人を斬《き》ったことはあろうか？」

「人を……まさか、そんなことはありません。それより金になる仕事とは……」

「うむ。こんなところで立ち話のできるようなことではないが、受けてもらえれば前金で二十両。無事に仕事を終えたらさらに三十両お支払いいたす。いまここで詳しいことは申せぬが、考えてもらいたい」

都合五十両は、弥之助にとって喉《のど》から手が出るほどほしい金である。それだけの金があれば、滞っている医者の借金と美津の転地療養だけでなく、生計の助けになる。

「しかし、考えろと申されても、いったいどんなことをすればよいのか見当もつきませんし、あなたたちのことも何もわからないのです。金になる仕事だから考えてくれと申されても、はいそうですかと引き受けるわけにはまいりませぬ」

「たしかにおおせのとおり。わたしはとある大名家の家臣である。こちらにいるのも同じ家中の者で小久保作摩《こくほさくま》という。どこの家中であるか、それは返事を聞いたあとでお教えする。しかしながら、決して悪事をはたらくわけではない。天誅《てんちゅう》を下すだけである」

「天誅……」

「さよう。みどもらは正道を貫くために動いている。詳しいことを知りたければ、今夜五つ（午後八時）、柳橋《やなぎばし》にある〝久本《ひさもと》〟という料理屋で待っている」

それだけをいうと、浅尾新十郎《しんじゅうろう》は背を見せようとした。

「待ってください。なぜそのようなことをわたしに持ちかけられるのです」

「腕を見込んでのことだ。では、よき返答を……」

浅尾は軽く頭を下げると歩き去った。

家の前で置き去りにされた恰好で立つ弥之助は、歩き去る浅尾新十郎と小久保作摩のうしろ姿を見送りながら、五十両という金のことを考えていた。

浅尾は天誅だといった。正道を貫くとも……。

いったいそれはどんなことなのだ。なんのための天誅であるのか、またその意図するところは……。あれこれ推量してはみるが、目の前に餌をぶら下げられた馬と同じだった。

「どなたが見えられたのです?」

寝間に戻るなり美津《みつ》が聞いてきた。

「組の者だった。当番が変わったのでそれを伝えに来たのだ。さ、体を……」

弥之助は誤魔化してから、美津の体を反転させて首筋から背中を、水に浸して絞った手拭《てぬぐ》いで丹念にふいていった。

障子越しのやわらかな光が、美津の痩《や》せた背中を包んでいた。弥之助にとっては慣れた作業ではあるが、いつまでもこんな介護をつづけているわけにはいかない。その

ために は美津に元気になってもらうしかない。

「……美津」

「はい」

「しっかり体を治そうではないか」

「いつまでもあなた様にご迷惑ばかりおかけできませんからね」

「迷惑などとは思っておらぬが、つらいのは美津であるからな……」

「苦労をおかけいたします」

美津は泣きそうな声を漏らした。

「今夜、少し家をあける。上役に呼ばれているのだ」

「お付き合いは大事ですから、わたしに遠慮せず行ってきてくださいませ」

弥之助は嘘をつくたびに、胸が痛くなる。

「……遅くはならぬ」

日が翳《かげ》ったらしく、部屋のなかがゆっくり暗くなっていった。

その夜、約束の刻限より少し早めに「久本」を訪ね、浅尾の名を口にすると、

「もうお見えになっていらっしゃいます」

と、手代が客間まで案内してくれた。

その部屋には浅尾と小久保、そしてもう一人の男が座っていた。こちらは浅尾と小久保とはちがい、温順な顔つきでひ弱な体をしていたが、身なりははるかによかった。仕立てのよい小袖に羽織姿である。袴《はかま》にもきちんと折り目が入っていた。齢《よわい》四十半ばだろうか。

「こちらは永井忠兵衛《ながいちゅうべえ》様である」

浅尾が紹介した。

「寺内《てらうち》弥之助でございます」

「噂は耳にいたしておる。浅尾から軽く話はしてあると思うが、是非ともそなたの力を借りたい」

永井は上から見下ろすような口調である。一見、ひ弱そうだが、細い体には威厳が満ちている。

「お訊《たず》ねいたしますが、いったいわたしに何をやれとおっしゃりたいのでございましょうか？　それに、わたしは皆さまがどこのどのような方か皆目わかりません」

弥之助は永井から浅尾、小久保と視線を移した。

「ごもっとも……」

応じた永井が盃《さかずき》を手にすると、小久保が酌《しゃく》をした。小久保はふっくらした丸顔だが、目が陰鬱《いんうつ》であった。

調《ととの》えられている膳部《ぜんぶ》には、刺身や天麩羅、香の物などがのっていた。

「わたしは仁正寺《にしょうじ》藩《はん》の側用人《そばようにん》を務めている。これにいる二人は使番《つかいばん》である。かまえて他言されては困るが、我が家中にのっぴきならぬ事態が出来《しゅったい》しておる。この危難をどうにか切り抜けなければならぬが、家中の者が表立って動くことができぬ。そこで寺内殿に白羽《しらは》の矢を立てたわけである。まあ、硬くならずに一献《いっこん》……」

弥之助は永井の酌を受けた。

「のっぴきならないこととは、いったい……」

「我が藩がつぶれるかどうかの瀬戸際にあるということだ。いや、ひいては幕府さえも危なくなる恐れがある」

「幕府が……」

弥之助は盃を持ったまま永井の広い額《ひたい》を見た。

「いかにも。苦しめているのは江戸の商人たちだ」

永井はそういってから、本題に入った。いささか長い話だったが、弥之助は息を詰めた顔で聞いていた。

仁正寺藩は、近江《おうみ》国の蒲生《がもう》郡と野洲《やす》郡にある一万七千石の小藩である。藩主の市橋《いちはし》下総守長和《しもうさのかみながかず》は、ペリー来航以来これからの国のあり方を深く憂慮し、軍備の増強を幕府に訴えると同時に、独自に武器弾薬の製造や調達に苦心していた。しかし、これには莫大な金がかかる。そのじつ、仁正寺藩の財源は年々厳しくなっており、これまで世話をしてきた江戸や上方の大商人たちから借金をすることになった。ところが、あまりにも利子が高く返済が苦しくなった。そこで、商人たちと談判をしたが、

――借金は借金。受けた恩情を忘れたわけでありませんが、借りた金を返せないといわれては、泥棒にあったも同じでございます。もちろん、お申し出のとおりに利子は低くいたしましょうが、それにはまた保証となる抵当をお出しいただかないと、なんとも……。

と、狡知《こうち》に長《た》けたことをいってくる。

「むろん、当家はその申し出を受け入れた。抵当も好きなものを相手に選ばせるという腹の太いところも見せている」

永井は酒を舐《な》めるようにして話をつづける。

「しかし、なんとも取り立ての厳しい、頑固な商家がある。じつはこの商家への負債が最も多いのではあるが、困っているのは当家だけでなく、他国も難渋している」

「どうにも融通の利かない商人なのだ」

浅尾新十郎が口を挟んだ。それを永井が「まあ」と、手をあげてつづける。

「当家は藩のためを思って借金を重ねているのではない。広く日本のことを考えて、もっといえばこの島国に住んでいる民のためを思って、強固な軍を備えようとしておるのだ。おとなしくしておれば、異国はこの国を乗っ取るかもしれぬ。いや、そうなってもおかしくない事態に陥《おちい》っているのだ」

「そんなことが……」

弥之助は黒船騒ぎ以来、開国論や攘夷《じょうい》論が叫ばれていることは耳にしているが、真剣に考えたことはなかった。

「あるのだ」

永井は弥之助の言葉を引き取って、身を乗りだしてきた。

「国を救うためには金を借りている商人に、少し折れてもらわなければならぬ。上方には、いま日本が瀕《ひん》している事態を憂慮してくれ、当家の考えに理解をしめし、借金帳消しという商人もいる。むろん、他の商人もそれにならえといえば、あまりにも虫のよい話だし、当家もそんな厚顔無恥ではない。しかしながら、とある商人はなんともならぬ」

「それで、わたしは何をすればよいのでしょう？」

「斬ってもらいたい」

弥之助は一瞬目をまるくして、目をしばたたいた。

「相手は本石町《ほんこく》二丁目の御用達《ごようたし》お菓子商・三河屋《みかわや》七兵衛《しちべえ》。寺内殿の腕を見込んでのことだ」

弥之助はゴクッと生つばを呑《の》んで、凝視してくる永井の目を見返した。

「そなたは御徒組《おかちぐみ》から小普請《こぶしん》入りを余儀なくされた。このままでは先の人生は浮かばれぬ。さらには病に臥《ふ》せっている妻女がある。小普請入りをした以上、再び役方に取り立てられることは難しいはずだ」

「………」

「もし、この相談を受けてもらえば、新たな役職につけるように手をまわすこともできる。さらに金五十両をお支払いする」

弥之助は短い間に、さまざまなことを考えなければならなかった。役職のこと、美津のこと、これからの人生、人を斬るということ、斬ったあとのこと、そして五十両といういまだ見たこともない大金……。

「我が藩を、いや日本を救うためと思って受けてもらえまいか。これこのとおりだ」

永井が頭を下げれば、そばに控えている浅尾と小久保も、

「お願いいたす」

と、声を揃《そろ》えて頭を下げた。

弥之助はこれまで目上の人間に頭を下げられたことがなかった。いつも先に下げるほうであった。だから驚きもしたが、いたく感激もした。さらに日本のためという言葉に胸を打たれていた。組屋敷がどうの、役目がどうのという些事《さじ》ではない。大きな仕事のように思えて仕方ない。

「それにしても、なぜわたしにこのようなことを……」

弥之助は胸に抱いた疑問を口にした。

「常より適役を捜していたのだ。そして、そなたのことを小耳に挟んだ。駿命館《しゅんめいかん》でかなりの技量を磨いたお徒《かち》がいると。それでひそかに調べると寺内殿であった。しかも、小普請入り間近だという話も……。だったら、寺内殿に頼もうということになったのだ。ここまで打ち明けた以上、受けてもらわなければ困るのだが……受けてくださるな」

弥之助は長い間を置いてから、ゆっくりうなずいた。

## 二

「はい、これで終わりだ」

龍安《りょうあん》はぽんと子供の背中をたたいた。消毒止めの膏薬《こうやく》を塗った晒《さらし》を剝《は》いだばかりである。傷口は赤みを帯びてはいるが、きれいに治っている。

「見てごらん」

いわれた子供は体をひねるようにして、自分の脇腹をのぞくように見た。傷痕は背中に近いところにあるので見にくいのだ。

「さわってみればわかる。搔《か》いてはならぬぞ」

「ありがとうございます」

幸平《こうへい》という子供は嬉しそうに微笑《ほほえ》んで礼をいった。

「えらいッ。ちゃんと礼を失しないことを覚えたな。えらいぞお坊」

通ってくる患者は貧乏人がほとんどである。子供たちの親も貧乏な者が多く、ちゃんとした躾《しつけ》をしていなかった。龍安は躾のなっていない子供には、治療と同時に礼儀を教えるようにしていた。

「やんちゃをするなとはいわぬが、危ない遊びはいかぬ。気をつけることだ」

幸平はもう一度ちょこんと頭を下げて帰っていった。幸平は堀川《ほりかわ》に繋《つな》いである舟の上で遊んでいるとき、足を踏み外して水のなかに落ちたのだが、そのとき脇腹をいた んだ舟縁《ふなべり》の古釘《ふるくぎ》で引っかいて七針を縫う怪我をしたのだった。

「はい、つぎ」

声をかけると、

「もうおしまいです」

と、待合いになっている隣の座敷から声が返ってきた。待合いといっても衝立《ついたて》ひとつで仕切ってあるだけだ。

「なんだ、もう終わりか。今朝はずいぶん少ないな」

「こんな日もありますよ」

久太郎《きゅうたろう》がそばにやってきて、湯呑みに茶を注《つ》ぎ足した。縁側では精蔵《せいぞう》がさっきから薬研《やげん》を使って生薬を擂《す》っていた。

「精蔵、おまえもこっちへ来て少し休め。一心にやることは大事だが、もう大分慣れてきただろう」

「はい、ようやく要領がわかってきました」

精蔵が額の汗をぬぐいながら、そばに腰をおろした。

「精蔵さんは覚えが早いです」

久太郎が褒《ほ》めるようなことをいう。精蔵はそうでもないと照れるが、嬉しそうだ。

「寒《かん》の戻りがあったから風邪が増えると思ったが、ぱたりと患者が来なくなったな」

龍安はのそのそとそばにやってきた小春《こはる》をつかんで膝《ひざ》にのせた。小春は膝の上が好きなのか、大きなあくびをする。

「患者は現金ですから、そんなもんでしょう。困ったときは泣きつくくせに……」

久太郎は口酸《くちす》っぱいことをいうが、患者の大方はそうであった。

「このまま暖かくなるか……」

龍安は膝の上の小春をなでながら表を眺めた。庭で蝶が舞っていた。楓《かえで》の青い葉越しに日の光が庭に落ちている。

「先生、花見はどうするんです。油断してたら花が散ってしまいますよ」

久太郎である。

「なにあと四、五日は大丈夫だ。それに、おまえは花見より、桜の下で酒を飲むのを楽しみにしているだけではないか」

「そんなことは……」

「あるある。大いにある」

精蔵が遮《さえぎ》って含み笑いをした。

「久太郎さんの酒好きには、わたしも舌を巻いたからな」

「あれ、そういう精蔵さんこそうわばみではありませんか」

「いいや、久太郎さんには負けるよ」

龍安はそんな弟子のやり取りには耳も貸さず、ついと立ちあがると、精蔵が擂った生薬を見に縁側に行った。小春があとをついてきて、足首に頭をすりつけてくる。

生薬の擂り具合は文句なかった。

「精蔵、これを一合ずつ小分けにしたら煎じて滓《かす》を取ってくれ。それが終わったら鍋に移し、竈《かまど》で煮てくれるか」

龍安は擂りつぶされた生薬を指でつまみ、舌先で味見をした。

「煮たらいかがします」

「そのままでよい。その先はちょいと手が込むのでわたしがやる」

龍安はそれにしてもよい天気になったと、よく晴れた空を眺めた。

「それじゃ花見に出かけますか」

あくまでも花見に執着する久太郎を振り返った龍安は、

「昼餉《ひるげ》を食ったら出かける。おまえは勉強をしておれ」

と、いいつけたものだから、久太郎はひょいと首をすくめて情けなく眉をたれ下げた。

龍安には寺内弥之助の妻・美津を、早く転地療養させたいという思いがあった。こういう暇な日に話を進めるべきだった。

三

その日の午後、龍安が訪ねたのは御蔵前《おくらまえ》の札差《ふださし》だった。浅草瓦町《かわら》にあり、看板の屋号は川口屋《かわぐちや》となっている。

店に入るなり、帳場《ちょうば》に座っていた主の与兵衛《よへえ》が先に挨拶《あいさつ》をして迎え入れてくれた。

「洋太郎《ようたろう》の具合はどうだ？」

「はい、先生に診てもらって以来、日に日によくなっている気がいたします」

「それはよいことだ。主、あとで話がある。暇をくれるか」

「ええ、先生のためでしたらいくらでも暇はお作りいたしますよ」

与兵衛は丸まるとした顔にある目をほころばせる。

その与兵衛には二人の子があり、長男は店を継ぐために手代仕事をしているが、次男の洋太郎は癇症《かんしょう》で目に疾患もあった。

階段を上って二階の洋太郎の部屋を訪ねると、

「先生、お待ちしていました」

と、わりと普通の顔で挨拶をしてくる。

「気分はどうだ？」

「いつもと変わりませんが、眼鏡をかけてものがよく見えるようになりました」

洋太郎には弱視の気があったので、それまで服用していた薬をやめさせ、眼鏡を勧めたのだった。

札差は武士の扶持米《ふちまい》などを換金したり、扶持米を抵当に金を融資したりして暴利をむさぼっている。かつては吉原を一晩借り切った札差もいたほどだ。川口屋もそうだとはいわないが、なかなかの繁盛ぶりである。それゆえに洋太郎は、江戸一番の眼鏡師に眼鏡を作ってもらっていた。

「ものが見えるようになると、読み書きもできるし、外歩きも楽しくなるであろう。いまは桜の見ごろだ。行ってきたか？」

「はい、おっかさんと上野に行ってまいりました。眼鏡がありますから、いつもより

長く花を眺めていました」

「それはよかった。外出はおおいに結構なことだ」

「今度は舟で向島に渡ろうかと思います」

「それはよいことだ。ついでに釣りなどしてみたらどうだ」

「あれは汚いからいやです。汚い汚い」

洋太郎はたったいま生魚をつかんだみたいな顔で、手をぶらぶらと振った。彼は汚物を嫌う癇症で、他人の使った箸や湯呑みには絶対手をつけない。汚れた足袋《たび》や草履も二度とはかないという徹底ぶりである。そのわりには、風呂に入るのを嫌うのである。

龍安は脳に障害があるのではないかと思っていたが、手足の痺《しび》れもなければ、てんかんも起こさない。食欲も並である。つまり心の病が、癇症を引き起こしているのだと、診立てていた。しかし、薬を出さないと洋太郎も父親の与兵衛も安心しないらしく、毒にも薬にもならない煎じ薬を飲ませることにしていた。

これは鎮静と利尿効果のある茯苓《ぶくりょう》と、強壮になる山茱萸《さんしゅゆ》を煎じ合わせたものだった。何より洋太郎には気晴らしを勧めるのが大事で、小半刻《こはんとき》（三十分）の世間話が功を奏した。

いずれにしろ洋太郎の病快癒には、周囲の気配りが必要だったし、些細《ささい》なきっかけで症状は鎮静すると、龍安は考えていた。

一階の座敷に下りると茶菓が調えてあった。川口屋に来るといつもこうなのである。

龍安は与兵衛と茶飲み話がてら洋太郎への気配りを勧める。

「半年かかるか二年かかるかわからぬが、辛抱強く面倒を見るのが一番の良薬だろうし、多少の我儘《わがまま》を聞いてやるのもしかたなかろう」

「先生の教えがあってから、洋太郎の癇が弱まりました。薬が効いているのかもしれませんが、倅《せがれ》は先生と話したあとは妙に機嫌がようございます」

与兵衛はにこにこと応じて、菓子を勧める。

「それで例の寮のことだが、いつでも使ってよいのだな」

「お役に立つようでしたら、どうぞ好きに使ってください。しばらくあっちに行く用もありませんし、花見など今年はやっている暇もありません」

「では遠慮なく使わせてもらうが、使用人はこちらで都合するので気遣いは無用だ」

「はは、どうぞどうぞ、ご遠慮なく」

与兵衛の寮は以前囲っていた女のために建てたもので、縁が切れて以来使われていないことはわかっていた。本人は離れていった女のことを思いだしたくないのだろう。

「それで薬礼《やくれい》はいかほどでございましょう?」

龍安が切り出す前に与兵衛が訊ねてくる。

「今日は十日分の薬を出しておいた。二両で十分だ」

龍安はさらりという。懐のいたまない金持ちには遠慮しないが、貧乏な患者からはびた一文もらわないのが龍安である。

「では先生、今後もよしなにお願いいたします。どうぞ、お受け取りくださいませ」

龍安は与兵衛の差しだす金を、懐に入れた。

四

川口屋を出た龍安はその足で、寺内弥之助の家に向かった。弥之助は今日も非番のはずだから、川口屋の寮の話を進めようと考えていた。美津の転地療養は一日でも早いほうがいいはずだ。

木戸門に近づいたところで、弥之助の中間《ちゅうげん》と小者《こもの》が揃って出てきた。「これは先生」と挨拶をしてくるが、どこか浮かない顔だ。

「寺内殿はご在宅か?」

「はい。おられます」

中間が陰鬱な表情で答える。それに小脇に小さな荷物を抱えている。

「何かあったか……」

「てまえどもは用なしです。今日限りでお役ごめんになりました」

小者のほうが答えた。

「お役ごめん……どういうことだ？」

「さあ、それはわかりません。粗相をしたつもりはないのですが、旦那さまがいらないとおっしゃれば、それまでのことですから……」

小者が肩をがっくり落として一礼すると、中間もそれにならった。そのまま門の前で別れることになったが、去りゆく二人は淋《さび》しそうであった。もっとも口入屋の仲介で雇われた者たちだから、仕事をなくしたとなれば、また口入屋の世話になるのだろうが。

「お邪魔する」

玄関に行った龍安が屋内に声をかけると、台所に立っていた弥之助が振り返った。

「これは先生……」

「そこで中間と小者に会ったが、暇を出したそうだな」

土間に入った龍安がいうと、手を拭きながらやってきた弥之助はわずかに顔を曇らせた。

「いろいろと入り用なことがありますゆえ、しかたありません」

「しかし、家来を雇わぬわけにはいかぬだろう。役料《やくりょう》をもらっているのだから……」

幕臣がどういう立場にあるかわかっているから、龍安の疑問は当然だった。

「しばらくの間でございます。美津の薬礼もありますし……」

「それは気にするなといっているではないか」

「いえ、前にかかった医者への払いが遅れておりまして、まずはそれを片づけなければなりませんから」

龍安は一度家の中に視線をめぐらしてから弥之助に顔を戻した。

「いくら残っているのだ」

「はあ、十五両ほど……」

(それはまたふんだくられたものだ)

と、龍安はあきれた。医者の薬礼はこれと決まっていない。患者の懐具合を見て吹っかける医者は少なくなかった。

「さようか。とにかく美津殿について話をしたい」

弥之助は美津にも話を聞かせたほうがよいだろうと、寝間に案内した。いつものように美津は横になっていた。龍安の顔を見ると、目をほころばせ口許に頼りなげな笑みを浮かべた。

「転地療養の件だが、やってみる気になったそうだな」

「はい。治るならなんでもしたいと思います。いつまでも苦労はかけられませんので……」

「治そうという気持ちは大切だ。わたしのいう寮は、川口屋のものだが、遠慮なく使ってよいという返事をもらった。期限も切られておらぬ。木母寺のそばであるから静かなところだ。いまは花も見頃だし、のどかな鶯《うぐいす》の声も聞かれる。舟を使えば、この屋敷からもほどない近さだ。ご亭主も非番の折にはちょくちょく訪ねられよう」

「お心配《こころくば》りありがとうございます」

弥之助が頭を下げた。

「礼には及ばぬ。大事なのは転地療養で、果たしてよくなるかどうかだ。わたしは、少なからず効き目があるのではないかと思っている」

「わたしもそうなればよいと祈っております」

「美津殿、そなたも治そうという強い心を持つことだ。それから介添《かいぞ》えのことだが、

寺内殿は役目があるので、登城日や宿直《とのい》のときは面倒は見られまい。やはり女中がいると思うが、いかがする」

「それなら、いま雇っているお久《ひさ》に頼みたいと思います。あれなら要領がわかっておりますし、美津とも気心が知れております」

「それなら好都合だ。そうしたほうがよいだろう。川口屋はいつでもよいといっているので、早速明日にでも向島にわたってみたらどうだろう。わたしも手伝いをする」

「いえ、先生の手をわずらわせるわけにはまいりません。何から何までお世話いただいているのですから……」

「場所がわからぬだろう。気にすることはない。わたしも花見がてら行ってみたいのだ」

龍安は二人を安心させるように、ほろりと笑った。

「それでは、お言葉に甘えさせていただきます」

弥之助は一度妻を見てから頭を下げた。

龍安を見送ったあとで、美津の枕許に戻った弥之助は、

「お久には今日のうちに話をしておこう」

といった。

「お久さんだったら、わたしも安心です」

「それにしてもあの先生に診てもらってよかった。折を見て、わたしは先生に謝らなければならない」

「感謝もしなければなりません」

「そうだな」

弥之助はやんわりと微笑む美津を眺めて、

「さて、それでは明日の支度をしておこう」

といって腰をあげた。

やることはさほどなかった。だが、美津の前にいると胸が苦しくなる。小普請入りになったことを隠しているし、これから人を斬らなければならない。なぜ、あの相談を引き受けてしまったのかといまさらながら後悔するが、もうあとには引けない。前金をもらっているのだ。それに、うまくすれば新たな役目に就くこともできる。仁正寺藩の側用人《そばようにん》・永井忠兵衛はその約束もしてくれたのだ。

(それに、この国を思っての天誅だ。日本のためなのだ)

弥之助はそう自分にいい聞かせるが、人を斬ることに抵抗がないわけではない。ど

ういう事情があれ、人殺しなのだ。しかし、弥之助は先々の利益を考えて、仁正寺藩の相談を引き受けたのだった。

(迂闊《うかつ》に引き受けたわけではない)

胸の内でつぶやく弥之助は、これは自分のためでも美津のためでもあると、己を納得させていた。

## 五

うららかな日であった。

弥之助の組屋敷に近い鳥越川《とりごえがわ》に猪牙《ちょき》を呼んだ龍安は、美津をおぶってきた弥之助に手を貸して舟に乗せた。猪牙はもう一艘あり、それには久太郎と精蔵、そして女中のお久が乗り込む。

「船頭、急ぎはしないのでゆっくりやってくれ」

龍安の声で、頬被《ほおかむ》りをした船頭が棹《さお》を使って舟を出した。そのまま舟は大川に向かい、お米蔵の南端の堀を通って春の日にきらめく大川に出た。

「今朝は食事のほうはどうであった」

龍安は弥之助の介添えを受けて座っている美津を見た。

「いつもより少し多く食べることができました」

美津が答えれば、めずらしくみそ汁を残さなかったと弥之助が言葉を添えた。

「食が進むのはいいことだ。空気が変わればまた食欲も出よう」

船頭は棹から櫓《ろ》に替えて、大川を上る。ぎっし、ぎっしと軋《きし》む櫓の音が心地よい。猪牙は透きとおりきらめく水をかきわけながらゆっくり進む。筏舟《いかだぶね》が滑るように下ってゆき、渡し舟が本所のほうへわたっていった。

「そなた、明日はどうなっているのだ？　看病断《かんびょうことわり》も長くは取れまい」

龍安は弥之助に声をかけた。幕臣は家族の看病のために休暇を取れるが、それは無制限ではなかった。

「今日はしかたありませんが、明日は出なければなりません」

弥之助は心苦しそうに視線を外して応じた。

「休んでばかりはおれぬからな」

「それに内職もありますし……」

龍安はふむと、うなずいて川面を見つめた。幕臣とはいえ、弥之助は徒組の軽輩である。給金がいくらなのか、他人の家とはいえ台所事情はわかる。

「飼い殺しだからな……」

つぶやきを漏らすと、「は?」と弥之助が顔を振り向けた。

「幕府のやり方は酷《こく》だ。もっと柔軟に頭を使えば、苦しむ武士も少なくなる。そなたのような徒衆はどこも同じであろう。無理にも家来を雇わなければならない。そのために内職で生計をやり繰りしなければならぬのだから……」

「さようです。しかし、それはもう決まり事ですから……」

「悪い因習だ。変えるべきところを変えられぬお上は馬鹿だ」

「そんなことを……」

弥之助は驚いたように龍安を見た。船頭も美津も目をまるくした。

「なに、かまうものか。みんな思っていることではないか。だが、いずれその因習も変えざるを得なくなるはずだ。おそらく遠い先のことではなかろう」

龍安は吾妻橋《あずまばし》の先に視線を投げた。思っていることをいいたくなった。

「このままでは裏店《うらだな》に住んでいる者たちも浮かばれない。あの者たちは病気にかかっても、医者に払う金がないから、迷信と効きもしない煎じ薬を頼り、苦しい身のうちをこの世は夢だとあきらめているのだ。医術の進歩も大切だが、お上が庶民のことをもっと真剣に考えてくれれば、救われる命はいくらでもある」

「………」

「そうしたことを声高にいう者が増えなければ、いつまでたっても同じなのだ」

「しかし、不用意なことを口にすればただではすみません」

「自らを犠牲にしてもよいという勇気があれば、多くの者を救うことになる」

「たしかに……」

弥之助は視線を自分の膝許に落とした。おっしゃるとおりですと、低くつぶやく。

「かくいうわたしも、なかなかその機会に恵まれないのではあるが……」

龍安は苦笑いをした。

舟が吾妻橋を抜けると、右手前方に向島の墨堤《ぼくてい》が見えてきた。満開の桜並木がつらなっている。

「先生、花見ができます！」

後ろの猪牙に乗っている久太郎が声をかけてきた。龍安は振り返って、

「存分に眺めろ。今年の桜だ」

と声を返した。酒と弁当を持ってくればよかったと、久太郎がはしゃぐ。

舟が進むうちに墨堤の桜並木がはっきりと、大きく見えるようになった。土手道を歩く花見客がいれば、木の下で茣蓙《ござ》を敷いて酒盛りをしている者たちもいた。

川風がうす桃色の花を散らしている。

龍安は舟に揺られながら桜を眺めた。美津もうっとりとした顔である。咲きほこっている桜の花は降り注ぐ日の光を受け、まぶしく輝き、見る者の心に一時の安寧《あんねい》を与えているようだった。

やがて舟は墨田村の入江に入り、木母寺のそばにつけられた。龍安は美津をおぶう弥之助に手を貸して岸にあがらせた。そのまま舟を待たせて川口屋の寮に向かう。

土手をあがった北側に木母寺の境内《けいだい》がある。古くは梅若寺《うめわかでら》と称された天台宗の寺院で、文人墨客の集《つど》うところでもあり、将軍休息所にもなっていた。それだけ風光明媚なところなのだ。川口屋の寮は同寺の南側にあった。

背後に篠竹の藪《やぶ》があり、大川を望むことができる。大きな家ではないが、土庇《どびさし》を大きく取った玄関は広く、式台をあがった先に延びる廊下はつやつやと光っている。台所の脇には内風呂もあり、三つの座敷の他に茶室まであった。日のあたる座敷は書院風で、庭には一本の桜の木があった。

「ここにも……」

感嘆の目で美津がその桜の木を惚れ惚れと眺めた。

穏やかな風が座敷を吹き抜け、鶯《うぐいす》の歌声がどこからともなく流れてきた。

「こんなよいところに……ほんとうにお邪魔してよいのでしょうか」

座敷に腰をおろした美津は、信じられないような顔だった。

「組屋敷とは大違いだ。ここならゆっくり静養できよう」

弥之助もいたく感激した表情をしていた。寮は清潔で小ぎれいに片づいていた。床の間にある花瓶《かびん》に花を活《い》ければ、風雅な趣《おもむき》を醸しそうだ。襖《ふすま》には花鳥風月が描かれており、障子は雪見障子となっている。それに琉球畳《りゅうきゅうだたみ》である。

弥之助とお久は当面入り用な身のまわりの品を持ってきていたが、寮にはほとんどの調度が揃っており、食器などの台所用具も整っていた。

「こんな家だったらわたし、ずっといてもかまいませんよう」

鼻にかかったような声でいうお久に、みんなは朗《ほが》らかに笑った。何より美津が気に入ってくれたのがよかった。龍安は半刻ほどその寮で暇をつぶし、美津に忠告を与えた。

「美津殿、住む場所が変われば気分も変わるはずだ。今日からはなるべく人の手を借りようとせずに、自分でやれることをやるように努めることが肝要だ。無理はせずともよいから、自分でできる身のまわりのことから少しずつやっていくように心がけることだ」

「はい、そのように努めます」

答える美津は相変わらず蒼白な顔をしていたが、わずかな赤みが見られた。

(もう効き目が出ているのかもしれない)

龍安は胸の内で思った。

六

龍安たちが帰っていくと、弥之助は美津のために布団を延べてやり横にならせた。

お久は台所で茶を淹《い》れなおしているが、

「茶碗も急須も値打ちものですよ。割ったら大変です」

と、この寮にやってきて何度めかの驚きの声をあげていた。

「あなた様、なんだかここに移ってきただけで、気分がよくなった気がします」

美津は横になったまま笑みを浮かべる。

「先生の勧めはまちがっていないのだろう」

「治ったらまた機《はた》を織ります。あなた様に苦労ばかりかけて、わたしはずっと……」

美津は声を途切れさせて涙ぐんだ。

弥之助はそっとその涙を指先ですくい取ってやった。

「わたしは夫として当然のことをやっているだけだ。だが、龍安先生には感謝しなければならぬ。いい医者に会ってよかった」

「ほんとうですね。あの先生には真心を感じます。そのためにもわたしは早くよくならなければなりません」

微笑む美津はいつになく饒舌《じょうぜつ》だった。

「体にさわってはいかぬ。おしゃべりはその辺にしておけ」

弥之助が布団をかけなおしてやると、お久が茶を運んできた。

「旦那様、ここにあるお茶は上等です。めったに飲めない高いお茶ですよ。金のあるところにはあるんですね」

「川口屋は大きな札差だというからな」

弥之助は茶を受け取って口に含んだ。

たしかにいつも飲む茶とは格段にちがうとわかる。香りもよければ、口のなかに広がる芳ばしさもちがう。

「わたし、野に行って花を摘《つ》んできます。あ、桜も活けましょう。立派な花瓶があるのですから、使わないともったいないです」

「そうしてくれ。だが、くれぐれも壊したりするでないぞ」

「はい、わかっております」

美津だけでなくお久もこの家が気に入ったようだ。

「非番の日や下城が早いときには様子を見に来る。しっかり養生してくれ」

もはや登城の予定はないが、弥之助はそういって帰宅することにした。

帰りは舟を使わず墨堤を歩いた。楽しそうな花見客の姿があちこちに見られる。三味線や笛を鳴らしている者たちもいる。いくつもの笑い声が桜の下でわき起こっていた。

そんな客たちとは裏腹に、弥之助は深刻な顔で土手道を歩きつづけた。可憐な花びらが目の前で舞っても、その表情はかたかった。

（人を斬らねばならぬ）

その思いが黒雲のように胸の内に広がっていた。

しかし、小普請入りになっても、すぐに屋敷を引き払う必要がなかったのはよかった。もし引っ越しを余儀なくされたら、美津の具合が悪化したかもしれない。そうなると、自分の身に何が起きたかを告白しなければならなかった。

また、仁正寺藩から思わぬ依頼があったのは、自分にはまだ運があるのではないか

と思いもする。

永井忠兵衛は一国の側用人である。藩の重臣だ。仁正寺藩は外様《とざま》ではあるが、幕閣とのつながりも強い。しかも、側用人は藩主に近い重要職だから、幕閣にも顔が利くはずだ。永井の口利きでよい役職に復帰できれば、申し分ない。

小普請入りは一時のことだ。新たな役目を受けられれば、美津についている嘘も些事にすぎない。

(なに、守銭奴《しゅせんど》を斬るだけのことではないか。相手は金の亡者《もうじゃ》だ。罪の意識に駆られることなどないのだ)

弥之助は自分を正当化させるために、そのようなことを心の内で繰り返した。

自宅に帰った弥之助は、がらんとした暗い座敷にぽつねんと座り込んだ。静かなのはいつものことだが、美津がいなくなっただけで静かさが身にしみる。

仁正寺藩の浅尾と小久保が、日取りを決めてやってくるのがいつなのかはわからないが、そう遠い先のことではないといわれていた。前金をもらっているせいか、それとも心の深いところに落ち着かないものがあるせいか、内職をする気にもならなかった。

こんなことなら早くことを片づけたいと思いもする。弥之助は内職の代わりに刀の

手入れをした。研《と》ぎは十分なので、目釘《めくぎ》をあらため、中子《なかご》の緩《ゆる》みをなおした。打ち粉を打ち、丹念に油を塗った。そうやっているうちにようようと日が暮れていった。

いつしか表は黄昏《たそが》れ、夕暮れの色がにじり寄り、隣家の屋根がわずかな残照を受けていた。その日最後の歌とばかりに、鷲が甲高《かんだか》くさえずっていた。

「頼もう」

玄関に訪《おとな》いの声があったのは、夕闇が濃くなったころだった。つけたばかりの行灯《あんどん》の火をたしかめて玄関に行くと、浅尾新十郎と小久保作摩が立っていた。二人ともいかめしい顔つきだ。

「御新造は家を移られたようだが、療養のためであろうか」

浅尾はそういって家の奥に目を走らせた。

「なぜそのことを……」

弥之助は浅尾を見た。夕闇を背負っている浅尾の顔は暗かった。

「よもやそこもとが裏切るとは思わぬが、念には念を入れておる」

どうやら監視されているようだ。そのことに弥之助は不気味さを感じたが、

「もしや今夜やるとおっしゃるのでは……」

と、浅尾と小久保を交互に見た。

「邪魔をしてよいか」

断りを入れる浅尾を、弥之助は座敷にいざなった。

「ご新造はどこへ移られた？」

浅尾が聞いてくる。美津が家を出たのは知っているが、その先までは調べていないようだ。弥之助は慎重になって、知り合いの家ですと短く答えた。浅尾も小久保もそれ以上深くは聞かなかった。その代わりに、浅尾は別のことを口にした。

「これから三河屋の主の顔をたしかめてもらうが、場合によってはそのまま斬ってもらうかもしれぬ。そのこと肝《きも》に銘《めい》じてもらいたい」

「今夜ということですか」

弥之助は表情をかたくした。

「先にのばせばいいというものではない。折りよければやってもらう」

「……わかりました。その前にひとつ訊ねたいことがあります」

浅尾と小久保が無表情に見てくる。

「わたしが小普請入りになったことを、どこでお知りになられたのです」

「……永井様は幕府の人事にも顔の利く人だ。そこもとが駿命館において師範代並の腕があったと知ってからは、ひそかに調べておられたのだ。なんら不思議はない」

「さようでしたか」

幕府の上のことは、弥之助のまったく知るところではない。大名家の重臣ならその辺の調べは容易なのだろう。小普請入りをした矢先の話だったから、わずかに猜疑心《さいぎしん》があったのだが、弥之助はそう思うしかない。

「では、早速にもまいろうか。店の暖簾《のれん》が下ろされるころだ」

小久保が表の闇を見ていった。

七

浅尾と小久保と連れ立ち組屋敷を出た弥之助は、神田川に架《か》かる新シ橋をわたると、柳原通りから町屋を抜けていった。途中、仁正寺藩上屋敷の裏を通った。

「こちらがそこもとらの藩邸でございますね」

弥之助は黙然と歩く二人いった。

浅尾は黙ってうなずいただけだった。浅尾もそうだが、小久保も無用なことは話さなかった。弥之助は仁正寺藩の長い練塀に沿って歩を進める。

「ご当家は三河屋にいったいいかほどの借金があるのです」

これは気になっている疑問だった。

「八千両だ。利子を含めてのことであるが……」

浅尾が答えた。

「そんなに」

弥之助は驚くしかないが、仁正寺藩は他の商人からも借金をしているという。その総額がいったいいかほどなのかわからないが、詮無《せんな》いことながらおそらく二万両はくだらないのではないかと胸算用する。

元乗物町に近づいたとき石《こく》町の鐘が大きく空にひびいた。暮れ六つ（午後六時）を知らせる鐘だった。通りにある商家はその鐘を合図にしたように、暖簾を下げはじめた。あたりはもううす暗い。空には月が浮かび、星たちがまたたきはじめていた。

「あの店がそうだ」

浅尾がふいに立ち止まって一方をしめした。

そこは本石町二丁目の通りで、大きな米問屋が目立つ。三河屋はそれらの米問屋に比べると間口は小さいが、店構えは立派なものだった。屋根看板も掛看板も御用達お菓子商の風格があった。ちょうど丁稚《でっち》が紺地に白染めの文字を書いた暖簾を下げるところだった。

「いいころ合いにやってきた。主の七兵衛《しちべえ》は店を閉めると、外出することが多い」

つぶやくようにいうのは浅尾だった。色の黒い男なので、日の落ちたいまはその顔がさらに黒く見える。

「表では高価できれいな菓子を売っているが、しょせんはいぎたない金貸しだ」

小久保はペッとつばを吐き捨てた。

「寺内殿、日本を救うためだと思ってやってくれ。今夜のうちに顔をしかと見ておいてもらおう。小久保、その辺の店で見張ろうではないか」

浅尾がそういって先の料理屋をうながした。三河屋と通りを挟んだはす向かいにある店だった。その店に入ろうとしたとき、

「待て」

と、小久保が浅尾の袖を引いた。弥之助は小久保の視線の先を追った。三河屋から出てきた小柄な男がいた。格子縞の小袖に無紋の絹羽織、手には巾着《きんちゃく》を下げていた。

「あれだ……」

浅尾がつぶやいて、あれが三河屋七兵衛だと言葉を足した。弥之助は鷹《たか》の目になって、七兵衛の顔を見た。うす暗いが、ちょうどそばの軒行灯《のきあんどん》が七兵衛の顔を染めた。五十過ぎの男だ。出額《でびたい》で大きな福耳をしていた。

弥之助は七兵衛の顔を眼底に焼きつけた。

「尾《つ》けるか……」

浅尾がいう。

「この機を逃す手はない。連れの用心棒もいない」

小久保の声に弥之助は振り返った。

「用心棒がいるのですか？」

「裏で汚い金貸しをやっているのだ。身を守るために用心棒を連れ歩いているが、今日はいない。寺内殿、機を見てやってもらうぞ」

小久保の言葉で、弥之助は刀の柄《つか》を強くにぎりしめ、先に歩きはじめた。

店を出た三河屋七兵衛は本銀町《ほんしろがね》に出ると、竜閑川《りゅうかんがわ》沿いに建つ蔵地の通りを東に向かった。弥之助は七兵衛の背中に視線を据えて尾行する。そのあとから浅尾と小久保が距離をおいてついてきていた。

（いま、駆けていって襲うか……）

目をぎらつかせる弥之助の胸の鼓動が高鳴っていた。柄頭に何度か手をやりにぎりしめ、親指で鯉口《こいぐち》を切ってみる。しかし、通りには道具箱を担いだ職人や侍の姿がある。人目は避けるべきだった。

大伝馬塩町《おおでんましお》に入ったとき、弥之助を追い越してゆく提灯《ちょうちん》を持った一人の武士がいた。ずいぶんと早歩きである。その武士は七兵衛に追いつくと短く言葉を交わし、今度は並んで歩きはじめた。

用心棒のようだ。弥之助は、背後を振り返った。浅尾と小久保は遠くにいたが、行けというように顎《あご》をしゃくった。それは、「やれ」というふうにも受け取れた。

大伝馬塩町の先には人気《ひとけ》の絶える場所がある。牢屋敷の北側である。右が水路をめぐらした牢屋敷の塀で、左は神田堀を隔てる土手がある。

七兵衛が土手の手前をどちらかに折れれば、襲撃は見合わせなければならないが、まっすぐ行くようであれば一気に片をつけようと思った。

問題は用心棒だが、七兵衛に不意打ちをかけたあとで、相手にすればよいと考えた。腕が立つようなら、そのまま逃げればよい。

弥之助は心を高ぶらせていた。これまで人を斬ったことはないが、ここで怖《お》じ気心を出しては自分に先はないと思う。美津のためでもあるし、ひいては日本のためでもある。

弥之助はその日、龍安が口にしたことを思いだした。

――自らを犠牲にしてもよいという勇気があれば、多くの者を救うことになる。

そうなのだと、弥之助は自分にいい聞かせた。

自分はまちがったことをしているのではない。日本を救うために薄汚い守銭奴を闇に葬り去るだけだ。これは正義だと、自分を納得させる。

果たして七兵衛は先の四つ辻を曲がらなかった。人気のない道へまっすぐ進んだのだ。どこへ行くのか知らぬが、まるで襲ってくれといわんばかりである。

弥之助は背後を振り返った。「いまだ」というふうに、浅尾と小久保がうなずくのがわかった。弥之助は意を決して足を速めた。

七兵衛と用心棒の背中が徐々に近づいてくる。弥之助は足音を忍ばせ、息をも殺した。刀の鯉口を切ると、さらに足を速めた。もう前を行く二人との距離は四間もなかった。

弥之助は地を蹴って駆けた。同時に刀を鞘走《さやばし》らせた。

先に用心棒が振り返った。遅れて七兵衛が襲いかかろうとする弥之助を見てきた。

だが、弥之助は怯《ひる》むことなくそのまままっすぐ七兵衛に一刀を見舞いにいった。

「天誅……」

八相《はっそう》に構えた刀を横に倒すなり声をかけると、白刃を闇のなかで閃《ひらめ》かせた。

# 第三章　隠　匿

一

三河屋七兵衛《みかわやしちべえ》の背に一太刀浴びせたつもりだったが、弥之助《やのすけ》の刀は空《くう》を切っていた。七兵衛は地を這《は》うようにして逃げている。第一撃をしくじった弥之助は、すぐさま追い討ちをかけるつもりだったが、そばにいた用心棒が弥之助の刀をはねあげた。その勢いで弥之助の体が泳いだ。

「あわ……」

弥之助の胸元ががら空きになったところへ、用心棒が鋭い斬撃を送り込んできた。弥之助は慌てて横に転がり、つづけざまに撃ち込まれてくる殺人剣を、刀の棟《むね》で受け止めると、思い切り相手の股間《こかん》を蹴り上げた。

しかし、用心棒は後ろに飛びすさることでかわした。その間に弥之助は立ちあがり、青眼に構えなおす。すでに息があがっていた。

すぐそばで用心棒の捨てた提灯《ちょうちん》が、燃えている。

用心棒はじりじりと間合いを詰めてくる。弥之助は生つばを呑《の》み込み、隙《すき》を窺《うかが》うが、真剣での戦いに恐怖を感じてきた。

竹刀《しない》での撃ち合いなら、相手がどんなに強くても死にはしない。しかし、いまはそうではない。斬《き》られれば、大怪我をするか、死が待っている。

（死にたくはない。ここで斬られてはならない）

胸の内にそんな思いがわきあがった。

逃げようという思いが、脳裏をかすめる。用心棒は自分の刃圏に入っていた。と、迅雷《じんらい》の速さで突きが送り込まれてきた。弥之助は必死の思いで、横に打ち払った。即座に踏み込んで胴を抜けばよかったのだが、恐怖が勝っており、そうすることができない。さっと横に飛んで、安全な間合いを取った。

「何をやっておる」

そんな声と同時に、二つの影が用心棒に迫っていた。

浅尾《あさお》と小久保《こくぼ》が助太刀に来たのだ。

「三河屋を追えッ」

浅尾に叱咤《しった》された弥之助は、道の先を見た。七兵衛が腰を抜かしたように、よたよたと逃げている。あまりの恐怖にうまく体を動かすことができないようだ。

弥之助は気を取りなおして、七兵衛に迫った。

「お、お助けを……ど、どうかお、お助けを……」

七兵衛は尻餅をついて手を合わせて懇願した。泣きそうな顔は月光に打たれて蒼白だった。弥之助はそのまま刀を一振りすればよかった。

七兵衛の眉間が割れ、血を噴きこぼして倒れる。斬る前にその陰惨な像が、弥之助の脳裏に浮かんだ。

(斬れない……)

弥之助は脇構えになったまま腕を動かすことができなかった。

背後で、「わあ」という悲鳴がした。つづいてどさりと倒れる音。用心棒が斬られたのか、それとも浅尾か小久保が斬られたのか……。

弥之助はたしかめることもできず、尻餅をついて慈悲を請う七兵衛をにらみ据えているだけだ。七兵衛はうしろ手をついてずるずると後ずさる。

弥之助はじりじりっと爪先で地面を嚙《か》んで追う。タッタッタと、近づく足音がした。

そのことに弥之助の心が急き立《せ》てられた。目をつぶって、

「ごめん」

と、一言声を発するなり、刀を袈裟《けさ》懸《が》けに振った。

「ひっ」

という悲鳴は聞こえたが、弥之助の刀は空を切っていた。七兵衛は慌てふためき地に這いつくばって逃げている。そこへ、小久保が一気に迫って背中に一太刀浴びせた。

「うぎゃあー」

闇のなかに七兵衛の悲鳴が広がり、片手で空をつかみ、そのままうつ伏せに倒れた。

人が斬られるのを目の当《ま》たりにした弥之助は、それまで以上の恐怖を覚えた。よろよろと後ずさると、血刀を下げている小久保を見、そしてゆっくり歩いてくる浅尾を見た。

二人の目は闇のなかで凶悪な光を発していた。さらに、総身に殺気をまとったその目は弥之助を蔑《さげす》んでいるようであった。

「きさま……」

牙を剝《む》くような顔で、小久保が短く吐き捨てた。じりっと足を動かして弥之助に詰め寄ってくる。

斬られると思った。そう思うが早いか、弥之助は地を蹴るなり駆けだした。どこをどう走っているのかわからなかった。

背後に迫り来る足音がある。その音が次第に大きくなる。

(逃げられない)

そう思った弥之助は、道の途中で立ち止まった。

浅尾と小久保はすぐそこにいた。二人とも闇のなかで双眸《そうぼう》を光らせている。

神田堀に架かる甚兵衛橋《じんべえばし》のそばだった。弥之助は刀を中段に取ったまま後ずさった。

二人は無言で間合いを詰めてくる。

誰かに助けを求めたいが、こんなときにかぎって人通りが絶えている。そばには居酒屋や飯屋があるが、楽しい笑い声が聞こえてくるだけだ。

「誰か助けてくれ!」

そう叫びたかったが、声は喉元《のどもと》で詰まって発することができない。

浅尾が地を蹴って斬りかかってきた。弥之助は必死の思いで、払いあげて下がりながら小手を斬りに行ったが、やはり空を切るだけだった。小久保が右にまわりこんできた。

挟み撃ちにされる恰好だ。二人には明らかな殺意があった。

「な、なぜ……」

「たわけ。顔を見られてはしかたなかろう。それに討ち漏らしおって……」

浅尾が歯軋《はぎし》りをするように声を漏らす。

「とんだへっぴり腰め。おぬしが七兵衛を斬っておれば、おれたちは余計な殺しをすることはなかったのだ」

「そ、そんなことを……」

弥之助は声をふるわせた。

「黙れッ」

浅尾が叱咤して、袈裟懸けに撃ちかかってきた。弥之助がさがってかわすと、浅尾は刀を逆袈裟に振りあげてきた。ヒッと、情けない悲鳴を漏らして弥之助はさがる。

そこへ、小久保の殺人剣が弥之助の肩を襲った。

「うぐッ……」

弥之助はよろめいて、さがった。さらに小久保が突きを見舞ってきた。弥之助はかわすことができなかった。わずかに体をひねっただけだ。脇腹に熱い火照《ほて》りを感じた。

血が噴き出ている。弥之助には腹のあたりが濡れているのがわかった。

「ううッ……うふぉ……」

体がよろけて前のめりに倒れそうになった。刀を杖にして持ちこたえた。浅尾が刀を上段に振りかぶって詰め寄ってくる。

(もうだめだ。斬られる。これまでだ)

弥之助は観念した。全身から力が抜けていくのがわかる。

「斬り合いだ。おい、斬り合いだぞ!」

そんな声がそばでした。

弥之助の視界はぼやけていた。浅尾と小久保が狼狽《うろた》えている、ような気がする。また周囲で騒がしい声がした。弥之助は立っていることができず、そのまま前のめりに倒れた。

二

「さ、この辺にしておこう」

龍安《りょうあん》は盃《さかずき》を折敷《おしき》に伏せると、

「久太郎《きゅうたろう》、その辺にしておけ」

と言葉を足して、腰をあげた。酒に汚い久太郎は、銚子を逆さにして掌《てのひら》に最後の

一滴を落とそうとしていた。その顔は赤くなっている。

「まだ寝るには早いんですけどね」

龍安が診察部屋に移ると、久太郎の不満そうな声が追いかけてきた。

「精蔵《せいぞう》を見ならえ。酒を飲んでいる暇があったら、勉強をするといって帰ったのだ」

「………」

「おちおちしていると、あっという間に追い越されてしまうぞ。片づけをしたら本でも読むんだ」

「チッ、先生も固いな」

久太郎はつぶやいたつもりだろうが、龍安の耳にははっきり届いた。

「何かいったか」

龍安が久太郎ににらみを利かすと、いえ何でもありませんと、そそくさと片づけにかかった。

「たわけが……」

龍安は一言毒づいて、文机《ふづくえ》の上の日記を開いた。

毎日の日課である。日記には患者の様子や、どのような処置をしたか、どんな薬を出したかなどと、細かなことが記されている。今後の参考にするためでもあり、研究

のためでもあった。

過ごしやすい夜で、吹き込んでくる風が気持ちよかった。これが夏であれば、燭《しょく》台《だい》の灯《あか》りを求めて虫が入ってくるが、そうなるにはまだ少し日があった。

龍安は川口屋の寮に移した美津《みつ》のことを少し考えた。

世の中には原因不明の病気がある。どんな医術をもってしてもわからない難病だ。果たして美津がそうなのかどうかはわからないが、体に力が入らないというのが気がかりだった。これまでもそんな患者が何人かいた。

突然、脱力状態になり、手足から力が抜け、次第に動かすことができなくなる。はじめは手足の付け根が不自由になり、徐々に指先に進行してゆくのだ。

筋力が衰えるので、手も足も棒のように瘦《や》せ細ってゆく。そのわりには意識ははっきりしている。しかし、美津は少し症状がちがう。筋力は衰えてはいるが、進行が遅い。支えてやれば、何とか歩けるし、手のほうはわりと自由に使うことができる。

精神に支障をきたしたとき、人間は同じような症状になることを龍安は経験によって学んでいた。だから転地療養を勧めたのだ。環境を変えることで、病状が改善されることがある。美津もそうなればよいと考えていた。

部屋のあかりのこぼれる縁側の先に目をやった龍安は、ゆっくり墨をすりはじめた。

弥之助は朦朧《もうろう》とする頭で、刀を杖代わりにして歩いていた。すれ違う者たちが、何事があったのだと驚いて道の脇に飛び下がった。悲鳴をあげる女もいたが、弥之助はよろける足を動かしつづけていた。

小久保に斬られた弥之助だったが、死にはしなかった。浅尾から止《とど》めの一撃を受けていたら、おそらくいまは生きていないだろう。神田堀に落ちたのがさいわいしたのだ。弥之助はそのまま気を失っていた。

意識を取り戻したのは、町の者に引き揚げられたあとだったが、地面に横たわったまま、このまま自身番にでも連れていかれたら、とんでもないことになるという思いが頭をかすめた。だから、弥之助は死力を振り絞って、助けようとする町の者たちの手を払いのけて立ちあがった。

「さわるな。おれは大丈夫だ」

そんなことも口にした。おそらくすごい形相だったにちがいない。現に町の者たちはそんな弥之助を恐れるように離れた。追ってくる者もいなかった。

弥之助は何度か立ち止まって大きく息を吐き、吸い込んだ。斬られた腹から血が流れつづけている。肩も同じだ。

このままでは死んでしまうだろう。もはや死を怖いとは思わなかったが、美津より先に死ぬことだけは避けたいと思っていた。だから、なんとかして生きのびなければならない。

弥之助にはその思いしかなかった。

（生きるのだ。死んではならぬ。死んでたまるか）

胸の内で自分を叱咤し、勇を鼓していた。

日記を書き終えた龍安は、のたのたとそばにやってきた小春《こはる》を抱きあげた。「にゃあ」と小春は、いやがっているのか喜んでいるのかわからない声で鳴く。そのまま頬《ほお》ずりをすると、ゴロゴロと喉を鳴らした。喜んでいるようだ。

名前は亡き妻から取ったのだった。

「まだ、眠くないのか？　いつになく夜更かしではないか……」

小春は前脚をぺろぺろと舐《な》める。畳に戻すと、そのままごろりとなって足を舐めて、顔を洗う。猫は気ままである。昼間ずっと寝ているかと思うと、むっくり起き出して一晩帰ってこないときもある。そうでないときは、龍安の枕許で寝ていたりする。人間のように話せないから口答えもしない。そんなところが動物の可愛さだろう。

「にゃあ……」

龍安の視線に気づいたらしく、小春が見あげてひと声鳴いた。玄関の戸が激しくたたかれたのはそのときだった。

「先生、先生。お助けください」

悲壮な声がした。

龍安が玄関に行って戸を開けると、子供をおぶった男と女がいた。夫婦者のようだ。

「いかがした？」

「この子の熱が下がらなくて、ふるえが止まらなくなったんです」

女房のほうが訴えるようにいって、亭主がおぶっている子供を見せた。子供はぐったりしていた。額をさわると高熱である。

「座敷にあげろ」

龍安はそういってから、久太郎に水を持ってくるように指図した。

子供はうつろな目をしていた。瘧《おこり》にかかったように体をふるわせ、寒い寒いという。

「熱が出たのはいつだ？」

龍安は亭主を見た。

「昨夜からです。風邪だろうと思っていたんですが、体中に斑点ができて……」

顔をしかめた龍安は、子供の胸元を広げた。胸に赤い発疹《はっしん》が広がっている。首筋も赤くなっている。背中を見ると、そこも同じだった。

疱瘡《ほうそう》（天然痘）だ——。

龍安にはすぐわかった。

「発疹が出たのはいつだ？」

「気づいたのは今日の夕方です。飯も食わないし、寒い寒いというんで、このままじゃ死んじまうんじゃないかと心配になりまして……」

亭主は情けなさそうな顔でいった。

「これは疱瘡だ。この家には効く薬がない」

「えッ」

亭主が驚いた顔をする。女房は「そんな殺生な」と泣きそうな表情になった。

「だが、慌てるな。今夜は熱を冷ますことに専念しろ。薬を出してやるから、連れて帰って寝かせるのだ。明日の朝、わたしが医学所に連れていく。あそこに行けば何とかなる」

「助かりますか。死にはしませんよね」

「なに」

女房が龍安の腕をつかんですがった。

「熱毒が体の内で暴れている。この子はその毒と闘っているのだ。だが、重篤《じゅうとく》な症状ではない。発疹の瘡《かさ》が赤いのがそうだ。これが黒くなったり紫色になっているなら危ないが、おそらく大丈夫だ。待っておれ」

龍安は文机の脇に置いている百味簞笥《だんす》の小抽斗《こひきだし》をあけて、二種類の熱冷ましを包んだ。これには解毒作用のある薬が混ぜてあった。

「いま、一服飲ませるが、明日の朝飯を食わせたあとでもう一度飲ませろ」

「飯を受けつけないんです」

「粥《かゆ》でも何でもいい。胃にやさしいものを食べさせろ。少なくてもいい。そのあとでこの薬を飲ませるのだ。それから寒がっているのは、体の熱が外に逃げているからだ。家に帰ったら、寝汗をかくほど下着を着せて暖かくしてやれ。布団も余分にかけたほうがよかろう。汗をかいたら丹念に拭《ふ》いてやれ」

「はい、それじゃそのようにいたします」

「おまえたちの名は？」

「富沢町《とみざわ》に住んでおります左官の仁吉《にきち》といいやす。こいつは女房のお初《はつ》です。子供は勘助《かんすけ》と申します」

「明日迎えに行くので、詳しい家の場所を教えるんだ」

仁吉はわかりやすく、住んでいる長屋の場所を説明した。そのあとで、至極不安そうな目を向けてきた。

「先生、薬礼《やくれい》ですがいますぐは払えないんで、月晦日《つきみそか》まで待ってもらえませんか」

「そのことは気にするな。まずは勘助を助けるのが先だ」

「あんた、やっぱり明神様だよう」

お初が洟《はな》をすすってそんなことをいう。通い療治に来る者たちの間で広がっている、龍安の綽名《あだな》だったが、龍安はいっこうに気にしていない。

「とにかく熱を下げるのが大事だ。おまえたちは寝ずの番で看病しろ」

「はい、そりゃもう倅《せがれ》のことですから……」

仁吉は来たときと同じように勘助を背中におぶった。お初は米搗《こめつ》き飛蝗《ばった》のように何度も礼をいって帰っていった。

「先生、あの子助かりますか?」

久太郎はすっかり酔いの醒めた顔になっていた。

「明日の朝、熱が下がっていれば助かる。そうでなければわからぬ」

「助かればいいですね」

「うむ」

龍安は唇を噛《か》んで、手水盥《ちょうずだらい》で手を洗った。そのとき玄関で大きな物音がした。

龍安と久太郎は思わず顔を見合わせた。

「どちら様で……」

久太郎が声をかけたが返事がない。

「見てこい」

龍安にいわれた久太郎は、玄関に行って戸を開けたとたん、

「先生、怪我人です」

と、驚いた顔で振り返った。

三

龍安はすぐさま駆けよって、男の顔を見た。

「あ、そなたは寺内《てらうち》殿」

弥之助の顔は血だらけだった。久太郎も気づいて、

「ほんとだ。どうしてこんなことに……」

と、驚きのつぶやきを漏らした。

「……た、助けてください」

声を途切れさせた弥之助はそこで精根尽き果てたらしく、がっくりとうなだれた。

龍安は弥之助を座敷にあげて怪我の様子を見た。顔の血は腹の傷を手で触ったからだとわかった。久太郎がお湯を沸かしている間に、龍安は弥之助の傷口を水で洗い、消毒を施した。それから手水盥に張ったお湯が運ばれてくると、傷の縫合にかかった。

それまで気を失っていた弥之助が、意識を取り戻した。

「痛いが我慢するのだ。久太郎、寺内殿が暴れないように体を押さえておけ」

弥之助の口に手拭《てぬぐ》いを噛ませ、肩の傷を縫っていった。縫合糸は絹糸である。針は縫い針に似た、外科用の特殊なものだった。弥之助は額に脂汗を浮かべ、苦しそうなうめきを漏らしつづけた。

肩の傷を縫合し終わると、脇腹の傷を縫いにかかった。

「じっとしておれ。体をよじると傷口が開く。久太郎、しっかり押さえるんだ」

龍安は慎重に腹の傷を縫いにかかった。

麻酔薬を先に飲ませて手術すれば簡単だが、その暇はなかった。出血がかなりの量であるのは、見ただけでわかる。

小半刻《こはんとき》（三十分）ほどかかって腹を縫い終わると、新たに消毒用の膏薬《こうやく》を塗って晒《さらし》で巻いた。肩も同じように処置する。

弥之助はよく耐えたが、体力を消耗していた。龍安の処置が終わると、固く目を閉じ荒い息をしたまま身動きしなくなった。

「先生……」

久太郎が不安そうな目を向けてくる。

「大丈夫だ。これしきのことで死にはせぬ。それにしてもいったいどうしたというのだ」

龍安は弥之助の蒼白な顔を眺めた。どこでこんな目にあったのかわからないが、事情を聞くのは弥之助の体力が回復するまで待つしかない。

「久太郎、片づけたら布団を延べて、そっちに移すのだ。着物がずぶ濡れなので、それも着替えさせなければならぬ」

龍安は久太郎に指図をして、弥之助に着せる自分の着物を探した。

弥之助の意識が戻ったのは、およそ一刻（二時間）後のことだった。

様子を見ていた久太郎の知らせを受けた龍安は、弥之助の夜具のそばに行った。

「気がついたか?」

「……とんだご迷惑をおかけしました」

弥之助は半身を起こして頭を下げたが、傷が痛むのか、顔をしかめた。

「無理はせずともよい。横になったほうが楽ならそうしなさい」

「いえ、大丈夫です。手当てをしてくださったのですね」

弥之助は肩と腹のあたりをさわって、龍安と久太郎を見た。

「いったいどうしたのだ?」

「それが、話せば長いことで……」

「聞かせてくれるか」

弥之助はしばし躊躇《ためら》ったが、こうなったら何もかも正直に打ち明けなければなりませんとつぶやき、詳しい経緯を話していった。

それは、弥之助が小普請《こぶしん》入りになったこと、仁正寺藩の使番《つかいばん》が現れ、永井《ながい》忠兵衛《ちゅうべえ》という側用人《そばようにん》に引き合わされ、三河屋七兵衛暗殺の刺客《しかく》になったことであった。

龍安は話の腰を折ることなく、最後までじっと耳を傾けていた。

「すると、小普請入りを告げられたその日に、仁正寺藩の使番がやってきたのだな」

「さようです」

「そのことをおかしいとは思わなかったか？」

「いまになって考えれば、ずいぶん都合よく来たものだと思います」

「すると、永井という側用人と、そなたに小普請組入りを告げた柴原《しばはら》殿は面識があるのだろうか？」

「それはわたしにはわからないことで……」

龍安は宙の一点に目を据えて腕組みをした。

「ひょっとすると、寺内さんは担《かつ》がれたのではありませんか」

そばにいる久太郎が口を挟んできた。龍安もそう思っていたが、黙っていた。

「うまく利用されたんですよ。その二人の使番は三河屋の旦那を寺内さんに始末させたあとで、寺内さんの口を封じるつもりだったのかもしれません」

「わたしもそんな気がする」

弥之助は久太郎に応じてから、悔しそうに唇を噛んだ。

「しかし、そうであったなら、その二人の使番が端《はな》からやればすむことだ」

龍安は腕組みをほどいていった。

「わたしは仁正寺藩の者が三河屋を殺《あや》めれば、のちのちまずいことになると聞かされております」

弥之助は真顔を龍安に向ける。

「もし、しくじれば事が露見する。それを嫌ったのだろうが……ふむ……だが、妙なものだ」

龍安は不可解さを感じていた。

「それで三河屋と用心棒はどうなったのだ？　殺されたのだろうか？」

「悲鳴を聞きましたので、おそらく……」

「死んでいなければ、そなたに司直の手がまわることになるな」

弥之助はとたんに顔を青ざめさせた。

「そんなことになったら……」

「どんないいわけも通用はせぬ。現にそなたは前金を受け取り、刺客を請け負ったのだ。さらに殺してこそいないが、三河屋に斬りつけてもいる。無事にはすまぬ」

「先に御番所に行って話をしたら助かる道があるかもしれません」

久太郎はそういうが、龍安は否定した。

「いや、そうしたところで罪をまぬがれることはできないだろう。たとえ、刑が減じられたとしても、寺内殿の身は安泰ではない。むろん、小普請組にいることもできなくなる」

「それじゃどうすれば……」

久太郎は忙《せわ》しく顔を動かして龍安と弥之助を見た。

龍安はその視線を外して、表の闇を眺めた。

「今夜は遅いし、下手《へた》に動かないほうがよいだろう」

四

その朝、北町奉行所の定町廻り同心・栗木十五郎《くりきじゅうごろう》は、二人の小者を連れて亀井町《かめい》の自身番に入った。町奉行所に出仕せず、そのまま八丁堀の屋敷から駆けつけたのだった。

日は高く昇ってはいるが、まだ商家の暖簾《のれん》が上げられる前だった。

十五郎は詰めている番人と書役からだいたいの話を聞いて、死体の置かれている裏手にまわった。

「身許はわかっているんだな」

筵《むしろ》をめくり、死体に目を向けたまま背後にいる書役に訊《たず》ねた。

「わかっております。本石町二丁目の三河屋という菓子屋の旦那です。もう一方はそ

の旦那の用心棒だということです。桜木伊兵衛というご浪人だとか……」

十五郎は桜木伊兵衛の死体もあらためた。

三河屋の背中には深い刀創があった。一太刀である。桜木《さくらぎ》伊兵衛《いへえ》という用心棒は、右肩を斬られ、胸を逆袈裟に斬られている。死因は胸の傷だと知れた。

「下手人《げしゅにん》を見た者はいるのか？」

十五郎は死体に筵を掛けなおして立ちあがった。

「見た者は大勢いますが、暗がりでのことでしたので、はっきりと顔を見た者はいません。ただ、この二人を斬ったのは二人の侍で、もう一人侍がいたそうです。ところが、そのもう一人は、三河屋の旦那と用心棒を斬った二人に襲われたといいます」

「なに……」

十五郎は眉間にしわを刻んで書役を見た。

「その男はどうした？」

「斬られて川に落ちたそうですが、助けようとした者の手を振り払って逃げたそうで……」

「そいつの顔は……」

書役は「わかりません」と、いって首を振った。

「その斬られた男を助けようとした者はわかっているのだな」

「へえ、二人ほどいます」

書役はそういって、近所に住まう二人の大工の名を口にした。源兵衛《げんべえ》と成助《なりすけ》という名だった。二人は昨夜、甚兵衛橋のそばにある縄暖簾で飲んでいた客だった。

「大まかな口書きを取る。そのあとで三河屋に死体を引き取りに来るよう段取りをつけろ。それから伊三郎《いさぶろう》と与七《よしち》、おまえたちは大工の源兵衛と成助をこの番屋に連れてこい」

「承知しやした」

出目面《でめづら》の伊三郎が応じて、与七に顎をしゃくった。

龍安は西洋医学所の玄関で待たされていた。朝日が広い土間に射し込んでいる。土間奥に人の動く姿があるが、いずれも使用人のようだった。式台《しきだい》の奥に延びる廊下はよく手入れが行き届いており、つやつやと外の光を照り返していた。

西洋医学所は安政《あんせい》五年に種痘所《しゅとうじょ》として開設し、その後いくつかの変遷を経て、医師の伊東玄朴《いとうげんぼく》邸のそばに設けられていた。幕府の直轄で頭取《とうどり》を大槻俊斎《おおつきしゅんさい》という医師が務めていた。

ここでは患者の治療よりも、蘭方医の研究と教授をするのが主であったが、疱瘡予防の接種なども行っていた。場所は、土地の者がお玉が池と呼ぶ地である。現・岩本町二丁目にあたる場所だ。

「菊島さん、これで様子を見てください」

奥の部屋から戻ってきた浅野《あさの》という若い医者が薬包みを渡してくれた。

「助かります」

龍安は丁重に受け取って懐にしまった。

「本来なら先生に診てもらったほうがよいのでしょうが、手が放せないのでしたらしかたありません」

「菊島さんから聞くかぎり、大事には至らないと思います。どうしても手に負えないようでしたらここに連れてきていただけますか。頭取に診てもらいますので……」

その朝、龍安は勘助を連れてくるつもりだったが、熱が引いていなかったので、無理をさせてはいけないと思い、ひとりで来たのだった。

「そのときはお願いいたします。朝早くからお騒がせいたしました」

丁重に頭を下げた龍安はそのまま医学所をあとにして、勘助の家に急いだ。勘助の病状も気になるところだが、弥之助が昨夜しでかしたことを調べているだろう町方の

動きも気になった。とにかく、いまは勘助の様子を診ることが先だった。

勘助の家は富沢町の裏長屋にあった。気温が上がってきたせいか、長屋の真ん中を走るどぶから腐臭が匂い立っていた。どこの家も腰高障子を開け放してあるが、どれもこれも破れ障子か、紙接《かみつ》ぎがしてあった。

勘助の家の戸だけは閉まっていた。

「お待ちしていました」

戸口で声をかけると、すぐに仁吉が迎え入れてくれた。女房のお初が赤い目を向けて、頭を下げた。徹夜で看病したせいで、髪はほつれっ放しだ。

「どうだ……」

龍安は勘助の枕許に座って手を取った。脈にひどい乱れはないが、勘助はぐったりしている。腕にも発疹が見られた。

「さっきより熱は下がったように思います」

父親の仁吉がそばにやってきていうが、龍安はそう思わなかった。熱は乱高下を繰り返す。

「飯はどうだ？」

「まだやっておりません。あっしらも食う気がしませんで」

「おまえたちは食わなくとも、この子には力をつけさせなければならぬ。お初、玉子粥をすぐに作れ」

龍安はそう指図してから、勘助の額に手をあて、それから胸や背中、腹のあたりの発疹を見た。発疹は全身に広がっている。しかし、紅斑《こうはん》であり黒や紫ではなかった。

「勘助、口は利けるか？」

龍安がいうと、勘助は閉じていた目をうっすらとあけ、小さくうなずいた。

「いま飯ができる。それを食ったら薬を飲むのだ」

勘助はまたうなずく。額に浮かぶ汗を、仁吉がそっと拭いてやる。

「薬を飲んだら、ゆっくり休め。体が痒《かゆ》くなってもかいてはならぬぞ」

「うん……」

お初は手際よく玉子粥を作ると、それを勘助の枕許に運んできた。仁吉が勘助を抱き起こすと、お初が粥をすくって勘助の口許に持っていった。

「少しでもいいから食べるんだ」

龍安が勧めると、勘助は粥を口に含んだ。お初がもう一口、もう一口と食べさせる。

しかし、勘助は茶碗半分ほどを食べると、もういらないと顔をそむけた。

「無理することはない。さ、薬を飲もう。お初、白湯《さゆ》を」

龍安は勘助に薬を飲ませると、今後注意すべきことを話した。

「熱がおさまり発疹が少なくなっても、しばらく薬をやめてはならぬ。熱がおさまれば食欲も出るだろうから、存分に滋養のあるものを食べさせろ。もし、具合が悪くなるようだったら、すぐわたしに知らせるのだ。よいな」

「はい、もう先生のおっしゃるとおりに……」

仁吉とお初は深々と頭を下げた。

龍安が長屋を出ようとしたとき、うしろから仁吉が追いかけてきた。

「いかがした？」

「へえ、先生によくしていただいて申しわけないんですが、薬礼のほうは……」

「それはいらぬ。昨夜もいったはずだ。わたしは勘助が治ればそれでいい。気にするな」

龍安が遮《さえぎ》っていうと、仁吉は目をまるくした。

「ほんとによろしいんで……」

「何度もいわせるな。それより勘助を治すのが先だ」

龍安はそのまま長屋を出た。

# 五

「先生、こっちです」

甚兵衛橋のそばまで行ったとき、久太郎が一軒の茶店の床几《しょうぎ》から立ちあがった。

「わかったか」

龍安が声をひそめて聞くと、久太郎は大まかにわかったと答えた。龍安は同じ床几に腰をおろした。

「やっぱり三河屋の旦那は死んでいました。用心棒も同じです。用心棒は桜木伊兵衛という浪人だったようです」

「それで調べはどうなっているのだ？」

「調べているのは栗木の旦那ですよ」

龍安はさっと通りを見た。大きな風呂敷包みを担いだ行商人が、そばを通っていっただけだった。龍安は町奉行所の検屍役をしていたことがあり、それ以来、栗木十五郎と付き合いがある。十五郎はやり手の同心だ。

「栗木さんが……そうか。それで寺内殿のことは……」

「まだ知られていないようですが、顔を見た町の者がいるかもしれませんから……」

「仁正寺藩の二人のことは？」

久太郎はわからないといって、言葉を足した。

「栗木さんは、亀井町の番屋に詰めていますが……」

「ふむ」

うなった龍安は弥之助のことをどうしようか迷った。顔を見られているなら遅かれ早かれ、わかってしまうだろう。そうなると、罪人を隠したかどで龍安も罰を受けることになる。もっとも、そういうときに備えていくつかの逃げ道を考えてはいるが……。

「久太郎、おまえは家に帰ってくれ。患者が待っているかもしれぬが、今日は休む。薬をほしい者がいたらおまえの判断で渡してくれ。それから弥之助のことは、しばらく内聞《ないぶん》にしておきたい。もう精蔵が来ていると思うが、その旨伝えてくれ」

「承知しました」

返事をした久太郎は、そのまま帰っていった。

久太郎は通い療治に来る患者のことはおおむね知っているし、どの患者にどの薬を処方するかもわかっている。薬はすでに調合したものを渡すだけだから、龍安が無用

に気を揉《も》む必要はなかった。

町は常と変わることがない。人足や棒手振《ぼてふり》が歩いていれば、甚兵衛橋をわたってくる侍がいる。

商家の前で大八車に荷物を積んでいる奉公人の姿があった。

(行ってみるか……)

龍安は胸の内でつぶやいて立ちあがった。

手に薬箱をさげ、帯には脇差を差している。縹色《はなだいろ》の筒袖に袴《はかま》、慈姑《くわい》頭であるから、それだけで町医とわかる。栗木十五郎に会ったら往診の途中だといえばいい。

亀井町の自身番の戸は閉まっていた。しかし、表に出してある長床几に、与七の姿があった。十五郎の小者《こもの》である。

「これは先生……」

先に与七が声をかけてきた。顴骨《かんこつ》の張った色黒の男だ。

「こんなところで何をしておる」

龍安はとぼけ顔でいう。

「中で旦那が調べをやってんです」

「調べ？　なにかあったのか？」

あくまでもとぼけているしかない。

「昨夜、このそばで斬り合いがあって、二人が殺されたんです」

「物騒なことだな」

龍安は隣に腰をおろした。

「それで、誰が殺されたんだ？」

与七はすでに龍安が知っていることを、すらすらと答えていった。しかし、弥之助のことも仁正寺藩の使番のこともわかっていないようだった。

「川に落ちて逃げた男のことはわかっておらぬというわけか……」

「それでいま、大工の二人から話を聞いてたんです。斬られて川に落ちたところを助けようとしたらしいんですが、その侍は助けを断って逃げたというんですよ」

「その二人の大工は、逃げた侍の顔を見ている。そういうことだな」

大工に覚えられていたら、弥之助を匿《かくま》いつづけることはできない。龍安はわずかに表情を曇らせた。

「まあ、そうなんでしょうが、夜の暗がりのことですからね。往診ですか……」

与七は龍安の薬箱を見ていう。

「いま帰るところだ。……与七、どうなっているか様子を見てきてくれぬか。こんな

ところで起きた物騒なことだ。気になるからな」

「へえ、お待ちを……」

与七は気軽に返事をして、自身番の戸をそっと開けて中に消えた。屋内から十五郎と大工らしい男の声が聞こえるが、何を話しているかまではわからない。

待つほどもなく、与七が戻ってきた。

「何でもあの大工たち顔を覚えてないっていうか、わからないといっております」

龍安はわずかに胸をなで下ろした。

「暗かったからでしょうが、あの二人、酒に酔ってもいたそうなんで……」

「栗木さんは往生しているってわけだ」

「会って行きますか？」

「いや、調べの邪魔をしては悪い」

龍安はそのまま立ちあがった。

六

浅尾新十郎と小久保作摩の待つ座敷に、足音が近づいてきて障子がさっと開けられ

た。

　二人は同時に手をついて頭を下げた。やってきたのは永井忠兵衛で、二人の前に来ると、どっかりとあぐらをかいた。

「三河屋は始末したが、しくじったとな……」

　永井は小さなため息をついた。

「よもやあんなことになろうとは思いもいたさぬことで……」

　顔をあげた浅尾は唇を噛んで、永井の広い額を見た。その額は障子の照り返しを受けていた。

「詳しく聞かせてくれるか」

　永井は浅尾と小久保を交互に見た。わたしが、といって浅尾は昨夜の出来事を詳しく話した。聞いている永井は、ときどき目をつむったり、うなずいたり、扇子《せんす》を開いたり閉じたりしていた。

「いざとなって寺内が躊躇ったから、おまえたちが手を出した。つまり、そういうことだな」

　話を聞き終えた永井はそういう。

「あのままだと三河屋の用心棒に寺内が斬られたかもしれません。斬られずとも、手

負いになったところを押さえられたらことです。黙って見ているわけにはまいりませんでした」

「うーむ」

永井は目をつむって、大きくうなずいた。

浅尾は永井がどんな指図をするか、その胸の内を読もうとしたが、永井は知恵者でときに人が思いつかないことを口にするから、予想がつかなかった。

「寺内はどこに逃げた？　家には帰っていないというのは察しがつくが……」

「やはり、あの男を捜すのが先でしょうか？」

「深手を負わせたのだな」

「斬りはしましたが、死んだかどうかそれは定かではありません。たとえ生きていたとしても、よもやみどものことは口にしないはずです。口にすれば、自分の首を絞めることにもなります」

「だが、話を聞くかぎり寺内は思いの外気の弱い男だったというわけだ。三河屋を目の前にして躊躇いを見せたのだからな。それに傷を負った者は、気弱になるのが常。さらに、受けた傷によって死を悟っているなら、何もかも包み隠さず漏らすかもしれぬ」

「それは一大事です」

浅尾は自分が口にしたことに怖気《おぞけ》をふるった。

もし、今回のことが表沙汰《おもてざた》になれば、ここにいる三人はおろか、藩主・市橋長和にも累《るい》が及ぶ。そうなれば、藩内の尊王派が黙ってはいないだろう。藩主は改易《かいえき》になり、佐幕派も窮地に追いやられるのは火を見るより明らか。

「じっとはしておれぬな」

永井は短くつぶやいて、座敷表に視線を投げた。

亀戸村《かめいど》の下屋敷だった。静かなところだ。庭に桜の木があり、花びらが風に舞っていた。鯉を泳がせた池に流れる水が、静かな音を立てている。

「寺内を捜せ」

永井は浅尾と小久保に顔を戻して短く指図した。

「ただし、おぬしらの顔を見ている者がいるやもしれぬ。顔を曝《さら》さないように気をつけるのだ。わたしは御番所に手をまわし、昨夜の件がどこまで調べられているか探りを入れる」

「寺内を捜したら……」

「斬れ」

浅尾は小久保と顔を見合わせて、小さくうなずいた。

そのまま二人は座敷を離れて、無言のまま廊下を歩いた。磨き込まれた廊下は、日の光を照り返している。

諸国の大名家はいざとなった場合に備え、町奉行所に少なからずつてを持っていた。盆暮れの付け届けは怠らないし、力のある与力には袖の下を使っている。それらの費《つい》えは多くが無駄になるのだが、一種の保険といえた。家臣が江戸市中で問題を起こしたとき、よきに計《はか》らってもらうためである。

「どうやって捜す?」

玄関を出たところで小久保が顔を向けてきた。

「うむ。まずは寺内の組屋敷だろうが……」

「帰っていなかったではないか。あの男はおれたちに斬られたのだ。それに、またおれたちに襲われると思っているはずだ」

「だが、他に捜しようがない。まずは寺内の家に行ってみるべきだろう。無駄なことだとわかっていてもしかたなかろう」

「そうするしかないか。しかし、三河屋は死んだはずだ。藩への貸し金はどうなるのだろうか? 三河屋が死んだとしても証文は残っている。依然、藩は三河屋に金を借

りているのに変わりないはずだ」

「それはおれたちの与《あずか》り知らぬこと。永井さんの始末にまかせるしかない」

しかし、浅尾は永井忠兵衛がどのような手を使って、借金を帳消しにするのか興味があった。いずれ教えてもらえるとは思うが、その前に自分たちはやることをやらなければならない。

「寺内が家にいなかったらどうする？」

下屋敷を出てから小久保が聞いてきた。

「町方の動きを探るべきだろう。三河屋は死んでいるはずだ。当然、町方が動いている。永井さんは探りを入れると申されたが、おれたちも少しは知っておくべきだ。それに、三河屋の様子も見るべきだろう」

「うむ。死んでおれば、店を見ればすぐにわかる」

二人は竪川《たてかわ》に出ると、河岸地につけられている猪牙舟《ちょきぶね》の船頭に声をかけた。

「柳橋まで行ってくれ」

浅尾が舟に乗り込んでいうと、「へえ」と船頭が返事をして棹《さお》をつかんだ。

# 七

「それはならぬ」

龍安は弥之助の申し出をきっぱり断った。美津のいる向島の寮に行くというのだ。

「よく考えろ。そなたは仁正寺藩の家臣に命を狙われているのだ。それに、まだ動ける体でないばかりか、美津殿にいらぬ心配をかけることになる。好転する病状がさらに悪化したらいかがする」

「はは、まったくおっしゃるとおりで……」

弥之助はうつむいた。

「とにかく、しばらくはこの家で養生してもらう」

龍安はそういってから精蔵と久太郎を見た。

「寺内殿のことは町方も気づいていない。仁正寺藩の二人の使番のことも知らぬ様子だ」

「しかし、どうされるおつもりです。もしものことがあったら……」

精蔵は不安顔だ。

「寺内殿は仁正寺藩から、なぜ三河屋を暗殺しなければならないか、そのことを聞いている。だが、これには何か裏がありそうな気がする」

「裏……」

精蔵はぽかんと口を開けた。

「何かわからぬが、調べてみようと思う。このままでは寺内殿は身を滅ぼしてしまう。ただでさえ食うに食えないのだ。病気を抱えたご新造もいる。放ってはおけぬだろう」

「調べるといっても先生、どうやって調べるんです？」

久太郎だった。

「考えがある」

龍安はそういって、小庭に目を向けた。庭木の枝葉を抜けた光が地面にまだらを作っていた。日は傾きつつある。

「寺内殿、明るいうちに美津殿の様子を見てこよう。もし、使番の二人が美津殿が移った寮のことを知っていたなら訪ねているはずだ。よもや、そんなことはないと思うが心配であろう」

「ありがとうございます。あの二人はどこで調べたのか、美津が臥《ふ》せっていることを

知っておりましたから、わたしも気になっていたのです」

「精蔵、日が暮れぬうちに行ってこよう。久太郎、おまえは寺内殿の看病だ。留守を頼む」

龍安はいざという場合に備え大小を腰に差した。

「先生、なぜ刀を……」

家の表に出てから精蔵が訊ねた。

「仁正寺藩の使番は、血眼《ちまなこ》になって弥之助を捜しているにちがいない。弥之助を刺客に雇っておきながら、用がすめば殺そうとしていた節がある。そんな不届者は、何をするかわからない」

「美津殿のいる寮に、その使番がいるとお思いで……」

「それはわからぬ」

龍安は大きく傾いた日を見て足を急がせた。様子を見るだけだ。さほど暗くならないうちに帰ってこられると思った。

「それにしても金を借りて、借りた商家の主を殺すとはけしからぬ」

「しかも、寺内さんの弱味につけ込んでの奸策です」

「いかにも。もっとも貸した三河屋にも問題はあるのだろうが……」

「金がからむと人間何をするかわかりませんね。そのへんは、貧乏人も金持ちも同じということでしょうか」

「下衆《げす》のやることだ。それも大名家の側用人ともあろう者が……」

龍安と精蔵はそんなことを話しながら足を進め、柳橋の船宿で猪牙を仕立てた。

日が傾きはじめているので、大川を上り下りする舟もどこかせわしない。それに空《から》の荷舟が多い。猪牙を操る船頭は、ぎっしぎっしと櫓《ろ》を使って川を遡上する。

吾妻橋を抜けると、右手の墨堤《ぼくてい》にずらりとつらなる桜並木が見えてきた。盛りを過ぎてはいるが、まだしっかり花をつけている。しかし、それもあと数日のことだろう。

美津のいる寮に着いたのは、日が落ちかかり、空に散らばる雲がうっすらと朱に染まりはじめたころだった。

玄関で声をかけると、美津の面倒を見ているお久が飛んできて歓待してくれた。どうやら心配は杞憂《きゆう》だったようだ。近所の行商人が訪ねてきたぐらいで、不審な訪問者はなかったという。

「でも、なぜそんなことを……」

お久は怪訝《けげん》そうに首をかしげる。

「いい女が、江戸の外れの家に二人暮らしなのだ。心配するであろう」

龍安が茶化すようにいうと、

「まあ、いい女だなんて……」

と、お久は顔を赤くした。

「それで、美津殿の様子はどうだ？」

「それが不思議なんです。あんなに食べなかった人が、ここに来て急に食べるようになったのです。そりゃたくさんではありませんけど……」

「ほう、それはいいことだ」

龍安は雪駄《せった》を脱いで、美津が休んでいる寝間を訪ねた。

「食欲が出たそうだな」

寝間の入口で声をかけると、

「やはり先生でしたね。声でそうではないかと思ったんです」

そう応じる美津の血色はよくなっていた。それに、人の手を借りずに半身を起こし、乱れた髪をうしろに流しもする。

「空気が変わったせいでしょうか。ここは居心地もよいですし、なんだか気分が急に楽になりました」

「よいことだ。この分だと遠からず、歩けるようになるだろう。それで、何か具合の

悪いところはないか？」

「いいえ、とくにはございません」

美津はやわらかな笑みを浮かべて答える。目には明るい色がある。

（やはり、気の病だったのか……）

美津はある悩みを内にためていただけかもしれない。それが何であるか、わかっているはずだ。心がほぐれてくれれば、その悩みを口にすることができる。そうなれば自ずと、気持ちが楽になり、体も元に戻るだろう。

龍安はどうということのない雑談を短くしただけで、寮を出た。美津はまだ体力がないので長話は禁物だった。それでも、美津の口調が滑《なめ》らかになっているのはいい兆候だった。

美津が弥之助のことを気にしたので、忙しくしていると答えた。

「まっすぐ家に帰りますか？」

舟着場に向かいながら精蔵が聞いてくる。

「寺内殿の屋敷を見てこよう。それから三河屋の様子も見たい」

大川は夕日に染まりはじめていた。煙草《たばこ》を喫《の》んでいた船頭が、戻ってきた龍安と精蔵を見ると、ひょいと腰をあげて舟が揺れないように、舟縁《ふなべり》を押さえてくれた。

帰りは下りだから柳橋に戻るのは早かった。それでも空は黄昏《たそが》れ、町屋の屋根には日の名残がにじんでいた。

龍安と精蔵は弥之助の組屋敷にそのまま足を向ける。

それは新シ橋通りに入って間もなくのことだった。医学館を過ぎたあたりだ。人だかりがあり、その先に怒鳴りつける声がある。

何だろうと思って眉宇《びう》をひそめると、ひとりの侍が地に這いつくばっている子供を足で蹴っている。そばにはその親がいて土下座をして謝っていた。

しかし、侍は容赦せず、子供の腰を蹴った。子供は横に倒れて、半分泣き顔である。群がっている野次馬たちが互いの顔を見合わせ、ぼそぼそと話している。

子供を折檻《せっかん》する侍は、中間《ちゅうげん》か若党らしい。そばに主人らしき侍が立っている。羽織袴姿で身なりがよい。

子供はその侍の前を横切ったか、ぶつかりでもしたのかもしれない。よく見ると子供のそばには小さな籠《かご》が転がっている。土下座をしている親は、大きな籠を背負っている。親子は行商人のようだ。

「小憎らしい子供だ」

折檻をする侍はそう吐き捨てると、また子供を蹴った。その勢いで子供はそばの水

路に片足を落としてしまった。父親がおやめくださいと、侍の足にすがると、その親も蹴られた。

「いい加減にやめぬか」

見ていられなくなった龍安が出ていくと、乱暴をはたらいていた侍が険しい顔でにらんできた。だが、龍安はその男を無視して、主人らしき侍に体を向けた。

# 第四章　謀　殺

一

「何があったかわかりませんが、相手は子供ではござりませんか」

龍安《りょうあん》の言葉を受けた侍は、すっと視線を外すと、

「その辺にしておけ。もうよい」

と、まったく龍安を無視するように家来へいった。

命じられた若党は、まだいじめ足りないという顔をしてさがった。若党はもう一人いて、主人のそばに立っている。

「行くぞ」

主人は二人の若党に顎《あご》をしゃくって歩きだしたが、すぐに立ち止まって龍安を振り

返った。

「貴公、医者のようだが、名はなんと申す」

「菊島《きくしま》龍安です」

「菊島……ふん、覚えておこう」

主人はそういってまた背を向けたが、今度は龍安が呼び止めた。

「あなたの名は？」

「おい、医者風情が生意気なことをぬかすな」

子供を折檻していた若党が、龍安をにらんだ。

「塚越《つかごし》、おまえは短気でいかぬ」

主人は塚越という家来をたしなめてから、

「徒組《かちぐみ》の組頭を務めておる柴原庄兵衛《しばはらしょうべえ》と申す。それでよいか」

龍安は柴原をじっと見た。弥之助《やのすけ》に小普請《こぶしん》入りを告げた男だ。唇が厚く、鼻の大きな男で、一重の目は龍安を小馬鹿にしているようだった。

「柴原庄兵衛様ですね。覚えておきましょう」

龍安が言葉を返すと、柴原は眉間にしわを刻《きざ》んで、口の端をゆがめ、ひとにらみしてそのまま歩き去った。

龍安は柴原を見送ってから、必死に涙を堪《こら》えている子供のそばに行った。

「怪我はしておらぬか」

子供は我慢強いのか、唇を引き結んだまま首を横に振った。なぜこんなことになったのかと訊《たず》ねると、親のほうが答えた。

「この子が背負っていた籠《かご》を落としたのですが、運悪くさっきのお侍の足にぶつかったのです。すぐに謝ったのですが、許してもらえませんで……」

そういった親は転がっていた籠を拾い、子供に持たせた。

「良助《りょうすけ》、今度からは気をつけるんだ。質《たち》の悪い侍だと斬りつけてくることもあるからな。さあ、そちらのお医者の先生に礼をいうんだ」

親にいわれた良助は、籠を背負いなおして龍安にこくんと頭を下げた。

「お救いいただき、ありがとう存じます」

親も頭を下げた。

「家は遠いのか？」

「谷中《やなか》のほうでございます。ときどき作った乾物を売りに来てるんです。今日はこいつにも手伝ってもらいまして……」

「乾物を、そうであったか」

家は谷中だというから、乾物は魚類ではなく、椎茸《しいたけ》、干瓢《かんぴょう》、大豆などだろう。

乾物売りの親子は黄昏《たそが》れた道を帰っていったが、そのころには野次馬もいなくなっていた。龍安と精蔵《せいぞう》は、弥之助の屋敷に行った。当然、玄関も雨戸も閉まっている。例の仁正寺藩の使番《つかいばん》がやってきたかどうかはわからない。近くに不審な者がいないかとあたりを見まわしても、その気配はなかった。

表は人通りも少なく、ときどき下城してくる徒衆や、普段着に着替えた者たちが連れ立って出かけるぐらいだった。あたりは暮色に包まれ、夜の影が忍びよっていた。

(ここにいてもしかたないか……)

そう思った龍安は三河屋の様子を見に行くことにした。

そのまま組屋敷地を抜け、下谷御徒町のほうへ足を向ける。このあたりには大小の旗本屋敷や大名屋敷がある。町屋とちがいいたって閑静な地だ。ときどき鶯《うぐいす》の声が途切れ途切れに聞こえてきたが、それもいつしか聞こえなくなった。

さっきまで日の名残をにじませた空も暗くなっていた。

藤堂佐渡守《とうどうさどのかみ》(伊勢久居藩《いせひさい》)屋敷の長塀に沿って歩いていると、先の道に一人の侍が出てきた。そのまま背を向けて歩き去ろうとしたが、ふと何かを思いだしたように立ち止まり、龍安と精蔵に目を向けてくる。

暮色が濃いので、その顔ははっきりしないが、

「先生、さっきの若党ですよ」

と、精蔵が声をひそめた。龍安が目を凝らすと、なるほど柴原庄兵衛の家来だとわかった。たしか塚越という名だ。

「なんだ、また会ったな」

塚越は立ち止まったまま、近づいてくる龍安に声をかけてきた。

「医者風情に生意気なことをいわれて、どうにも気分が悪かったのだが、またここで会うとはよほど縁があるようだ」

塚越は皮肉な笑みを頰《ほお》に浮かべ、両足を大きく広げた。ここから先には通さないという素振りだ。

「何か用か？」

「用などないさ。医者の分際で刀などを差しおって。使えるのか？」

「使えないなら差していてもしかたなかろう」

「……竹光か」

塚越はぞろりと顎をなでると、ペッと地面につばを吐いた。

「人を見下すようなことを申すやつだ。だが、喧嘩は御免蒙《ごめんこうむ》る」

龍安はそのまま行こうとしたが、塚越はパッと両手を広げて通せんぼをした。

「使えるかどうか、竹光かそうでないか見せてもらおうではないか」

塚越はそういうなり、素早く抜刀した。そのまま八相に構え、左足を前に送り込んだ。

総身に殺気さえ漂わせる。どうにも始末の悪い男のようだ。

「精蔵、さがっていろ」

「先生」

精蔵が諫《いさ》めようとしたが、龍安は聞かなかった。

「どうやら弱い者いじめが好きな性分のようだな。わたしはそういう輩《やから》が大嫌いでな」

龍安はいいながら、親指を使って鯉口《こいぐち》を切った。

じりっと、塚越が間合いを詰めてきた。

「かかってこい」

龍安がけしかけると、塚越の体が暮色のなかに躍りあがった。

## 二

塚越は八相に構えた刀を上段に移すと、飛び込みざまに振り下ろしてきた。だが、単なる脅しだと見切っていた龍安は、半身を開いてかわした。刀は鯉口を切ったまま抜いてはいない。

「このォ……」

塚越の顔に、さっきとはちがう怒気が含まれた。

「無用な斬り合いをして何になる。おぬしの主人は柴原庄兵衛と申したな。柴原殿は喧嘩を奨励でもしているのか」

「口さがない野郎だ。許さぬ」

いうが早いか、塚越は一足飛びに突きを送り込んできた。その一撃には殺気が込められていた。龍安は半歩後ずさるなり、鞘走《さやばし》らせた刀を右上方にすりあげた。引こうとした塚越の刀が、はねあげられた。鋼《はがね》の音がして、小さな火花が散った。

そのとき龍安は一挙に間合いを詰めていた。塚越はようやく反撃の構えを取ったところだが、さらに龍安が歩み足で詰めたので、塚越は青眼に構えなおしてさがった。

「どうしたさっきの威勢は……」

さらに龍安は詰める。同じく青眼だ。

塚越は隙《すき》を見出《みいだ》せずに、じりじりとさがる。

「人を脅すために刀はあるのではない。それがわかっておらぬようだな」

すり足を使って間合いを詰めた龍安は、ゆっくりと刀を右下方に下げて、脇をがら空きにさせた。塚越の目がその隙を見る。軸足に力を入れ、踏み込んでこようとした。

その刹那、龍安の刀が目の前を飛ぶ蝶を斬《き》るような素早い動きをした。右下から左上方へ向かった刀は、頭上でくるりとまわされると、そのまま唐竹割りに振り下ろされ、つづいて目にも止まらぬ速さで、水平に薙《な》ぎ払われた。華麗な舞いのような剣筋であった。

塚越はその動きに圧倒され、息を止め棒を吞《の》んだような顔をしていた。さらに、龍安の刀は生き物のように動き、棒立ちになっている塚越の喉元《のどもと》に切っ先を据えたところで、ぴたりと止められた。

「人を小馬鹿にすれば、取り返しのつかない怪我をすることになる。この刀が竹光でないことはわかったはずだ。それでも竹光というなら、試してもよい」

夜目にも塚越の顔色が変わるのがわかった。

「や、やめてくれ」

塚越の声はふるえていた。

「おぬしは塚越何と申す？」

「た、辰之助《たつのすけ》です」

塚越は敬語になった。

「柴原家の若党だな。いかほど仕えている？」

「……三年です」

三年も仕えていれば、柴原庄兵衛のことに詳しいはずだ。

「これも何かの縁だ。おぬしにはまた会うことになるだろうが、このことい触らされたくはなかろう。いえば、柴原さんの顔に泥を塗るばかりではなく、おぬしも職を失うことになるはずだ」

「拙者が悪かった。他言無用に願います」

脅すつもりが逆に恥をかかされた塚越の声はかすれていた。龍安が向けていた刀をさっと引いて、華麗に鞘に納めると、塚越はホッと安堵《あんど》の吐息をついた。

「また、会おう」

龍安はそのまま塚越を置き去りにして歩き去った。

「先生、何であんな男にまた会おうなどと……」

しばらく歩いたところで、精蔵がぼやくようにいう。

「考えがある。人は使いようだ」

「は……」

精蔵は呆気《あっけ》に取られた顔で小首をかしげた。

すでに三河屋は戸締まりをしてあったが、案の定、表戸には「忌中《きちゅう》」の貼り紙があった。どうやら通夜は明日のようだ。龍安は近所に町方がいないか用心深くあたりを見まわしたが、それらしき影はなかった。また不審に思うような人の影もなかった。

それでも栗木十五郎《くりきじゅうごろう》がどこまで調べを進めているのかが気になる。気になるが無用に近づけば、藪蛇《やぶへび》になるだろう。ここは様子を見るしかなかった。

自宅に帰ったときは、すっかり夜の闇が立ち込めていた。

「いかがでした?」

足を拭《ふ》いて居間に座り込むなり、弥之助が気が気でない顔でやってきた。

「美津《みつ》殿は無事だ。使番は川口屋の寮まで調べてはいないのだろう。もし、その寮を知っているなら、わたしのことも知っていなければならないはずだ」

「それじゃ当面は大丈夫なのですね」

「それはどうかわからぬ。動いている町方はわたしの知り合いだ」

「えッ……」

「栗木十五郎という北町の同心だが、なかなかの切れ者だ。油断はできない」

「油断できないとは……」

弥之助の顔がこわばった。

「栗木さんの調べは甘くない。そなたや仁正寺藩のことを嗅《か》ぎつけるかもしれぬ」

弥之助は黙したまま生つばを呑んだ。

「しかし、狼狽《うろた》えてもはじまらぬ。まずは怪我を治すことが先だ。久太郎、飯の支度をしてくれ。精蔵、遅くなったので食っていくといい」

「でも、わたしは……」

「遠慮はいらぬ。その代わり、あとで腰を揉んでくれるか」

龍安はのんきなことをいって、酒瓶を引きよせた。

三

浅尾新十郎《あさおしんじゅうろう》と小久保作摩《こくぼさくま》は、藩邸からさほど離れていない須田町の小料理屋で向かい合っていた。膳部には刺身や佃煮、煮物などがのっているが、酒はあまり進んでいなかった。藩邸のそばの料理屋には江戸詰の勤番侍の出入りが多い。知り合いに顔を合わせたくなかったので、二人はわざと行きつけでない店に入ったのだった。それに、対抗している尊王派の者たちにも会いたくなかった。

仁正寺藩はこの時期大きく二つに分かれていた。それは過去にあった継嗣《けいし》問題などではなく、ペリー来航以来、諸国でさかんに論議されている開国か攘夷か、あるいは佐幕かそうでないかということに起因していた。

藩主・市橋長和は佐幕派であったが、中老や家老のなかには倒幕に傾いている者がいる。それは仁正寺藩が外様であり、長く幕政に参与できない鬱憤《うっぷん》からきていた。もっとも家光《いえみつ》、家綱《いえつな》、あるいは綱吉《つなよし》の時代には功をなし、徳川家と深いつながりもあったが、それは遠い昔のことで、長い間幕府に冷や飯を食わされつづけていることは否めない。

だからといって藩自体が、倒幕に傾くことは避けなければならなかった。永井《なが》忠兵衛《いちゅうべえ》はそれを阻止する先鋒に立っているのだが、事態は決してよくなかった。

何より三河屋暗殺の刺客《しかく》に立てた寺内弥之助が、いざとなって尻込みし、それを見過ごせずに浅尾と小久保が自ら手をかけたことがより事態を悪化させた。

しかし、これは寺内を刺客に選んだ永井忠兵衛の失策ともいえる。かといって、そのことを浅尾と小久保は咎《とが》め立てできない。

「いかがする？　小久保、よく考えるのだ」

浅尾はふっくらした丸顔の小久保を凝視する。

「考えているさ。だが、寺内を捜す手掛かりがないのだ。いかんともできぬだろう」

「できない、できないでは困るのだ」

「そんなことはわかっておる」

小久保は不機嫌な顔をして、鯛《たい》のうしお汁を飲んだ。

「何かあるはずだ。それを考えなければ、おれたちの身が危うくなるのだ。寺内は深手を負っているが、死んではいないはずだ」

「おそらくそうであろう」

応じる小久保は盃《さかずき》に酒を満たしたが、飲もうとはしなかった。二人とも酒を飲む

気分ではないのだ。

浅尾は煙管《キセル》に刻《きざ》みを詰め、行灯《あんどん》を使って火をつけた。大きく吸って紫煙を小部屋の中に吹いた。紫煙は窓から入ってくる風にまき散らされた。小洒落《こじゃれ》た造りの店で、その部屋の窓は茶室に見られる下地窓ふうであった。

「寺内が死んでおれば、組屋敷の者が知るところだ。もう丸一日はたっているのだか

らな。だが、そんな動きはない。つまり、寺内はどこかに身をひそめているか、知り

合いを頼っているということになる」

浅尾は煙管を口から離した。

「……ご新造もいないが、あれはどういうことだ？」

「それだ」

といった浅尾は、寺内の家に誰もいないのが不思議でならなかった。妻の美津は寝

たきりで、歩くこともままならない体だったのだ。それが寺内がいなくなると、美津

までいなくなった。

「あの妻女がいなくなったのはいつだろう……」

何気なくいった小久保の一言に、浅尾ははっとなった。

「まさか、三河屋を狙ったあの日に……」

「しかし、組屋敷の者はそのことを誰も知らなかった」

「そっと人に知られないように移ったということか……。もともとあの寺内は近所付き合いがなかったというから、隣組の者らも気づかなかっただけかもしれぬ」

「寺内の家来はどうだ」

「ふむ、そうだな……」

浅尾は宙の一点を見つめて、煙管をぷかりと吹かし、雁首を灰吹きに打ちつけた。

「家来か……中間と小者がいたな。それから女中がひとり……」

「浅尾、そっちをあたってみてはどうだ。他にはないのだ。いや、待てよ」

今度は小久保が考える目つきになった。

「何かあるか？」

「寺内の妻女だ。あれは病人だった。医者にかかっていたはずだ」

「医者のことまではわからぬ」

「いや、これは捨て置けぬことかもしれぬぞ」

小久保は真剣な眼差《まなざ》しを浅尾に向けてつづけた。

「寺内は妻女の治療にあたっていた医者のことをよく知っているはずだ。ひょっとすると、怪我をした寺内はその医者を頼ったのではないか。そうは考えられぬか」

浅尾は表情をかためたまま小久保を見つめた。近くの部屋から、にぎやかな笑い声が聞こえてきた。三味線の音も遠くにある。廊下を歩く女中の足音もしていた。

「そうか、よくぞ気づいた」

浅尾は感心顔になって小久保を見た。

「医者のことなら、永井さんのつてを頼ればすぐにわかるはずだ。明日にでも調べてもらおうではないか」

「いや、そんな悠長なことはしておれん。これから永井さんに会って、このことをお願いすべきだ。町方の調べを侮《あなど》ってはならぬ。そうではないか」

「たしかにそうであろう」

「よし、これから永井さんを訪ねよう」

浅尾は畳を蹴るようにして立ちあがった。

四

腹這いになっている龍安の腰を、精蔵が揉んでいた。龍安は「うんうん」うなりながら、よく効くといっている。その足に三毛猫の小春《こはる》が頬ずりをするから、

「これ小春、くすぐったいではないか……」

といっては、くすくすと笑いを漏らしもする。

そこへ食後の片づけをすました久太郎がやってきた。

「先生、さっきのことどうするんです?」

「うん。……そうだな」

龍安は重ねた両手に顎をのせて、患者の控え所になっている座敷の壁を見つめた。

夕餉《ゆうげ》の席で、弥之助をこのまま家に置いておくのはまずいのではないかという話になった。何より口の軽い患者がやってくる。そうなると弥之助の噂が広がるのは、あっという間のことだろう。それは何としても避けなければならない。

かといって組屋敷に帰すのもはばかられるし、美津の療養先である川口屋の寮にやれば、好転している美津に余計な心配をかけることになる。

「だから、わたしの家でもよいのではありませんか」

腰を揉みながら精蔵がいう。

精蔵は三河町三丁目の長屋住まいだ。独り暮らしだからまかせてもよいが、弥之助は腹と肩に傷を負っているので、精蔵が出かけてしまえば何かと不自由をする。また精蔵の知己を頼るのも賢くない。

「よし、こうしよう」

龍安は精蔵にもういいぞといって、半身を起こしてあぐらをかいた。

「うむ、大分腰が軽くなった」

「さほど凝っているようではありませんでしたが……」

精蔵は額にうっすらと汗をかいていた。

「こうしようって何です？」

久太郎が龍安を見てくる。弥之助も自分のことだから、気が気でない様子だ。

「しばらく本所《ほんじょ》に移ってもらおう」

「本所って、ひょっとして先生のおふくろさんの……」

久太郎が目をまるくした。

「そうだ。あそこならしばらくは人の目を誤魔化せる」

「でも、あのおふくろさんだと……」

「何だ？」

龍安はいいよどんだ久太郎をにらむように見た。

「口うるさい親だが、面倒見のいい人だ。わけを話せばわかってくれるはずだ」

「しかし、それではご迷惑をおかけすることになります」

弥之助が膝《ひざ》を進めていった。

「他に適当なところがあるか? 何よりそなたは表だって動けない身なのだ。小普請組からの連絡も気になるところであろうが、放っておくしかなかろう。どう転んだところで、すぐに役職をあてがわれることはない。それはわたしが身をもって知っていることだ」

龍安は小普請組の御家人から医者になった男である。小普請組がどういうところであるかはよくわかっていた。

「町方はまだそなたには気づいていないようだが、明日はどうなるかわからぬ。それに、仁正寺藩の二人の使番もいる。ひょっとするともっと人数を増やし、躍起になってそなたを捜しているかもしれぬであろう」

「それは、ま……」

「よし、こうなったら善は急げだ。これから本所にまいろう」

龍安は膝を打ちたたいて腰をあげた。

じつは龍安には本所林町三丁目で独り暮らしをしている母親がいた。

名をあきといった。

老後の面倒を見ているのはむろん龍安であるが、なにしろ口うるさい親である。妻

が疱瘡で急逝した当初は、あきも悲嘆に暮れ同情を惜しまなかったが、年月がたち悲しみが癒えると、やれ後添いをもらえ、医者として恥じるようなことはするな、家のことはちゃんとできているのかなどとまくし立てるかと思えば、身近で起きた些細《ささい》なことに腹を立てては小言をこぼす。

それは久太郎にも同じで、やれ学問に励め、親孝行を忘れるなとうるさい。そんなことがあるから、久太郎が苦手にしているのを龍安も承知している。

かといって、弥之助を救うにはあきに預けるのが最善の策だと思われた。何より、龍安は患者の病気が移ってはいけないからと口実をつけて、なるべく家に寄せつけないようにしている。母親のことを知っているのは、ごくかぎられた者だけだ。

久太郎が提灯《ちょうちん》を持ち、精蔵が弥之助の介添えをして夜道を歩いた。大橋をわたり竪川《たてかわ》の河岸沿いの道に出る。町屋のところどころに提灯や行灯のあかりがある。いずれも居酒屋や小料理屋だ。

竪川の穏やかな流れは、空に浮かんだ星の明かりを受けていた。河岸場につけられている舟がときどきぶつかって、コンコンと鈍い音を立てていた。

龍安は歩きながら母・あきにどのように説明をしたらよいかと、弥之助と細かく打ち合わせをしていた。その話がすんでから、

「寺内殿、そなたは組頭の柴原庄兵衛殿の家来を知っているか」

と、龍安は後ろを歩く弥之助を振り返った。

「もちろん知っております」

「塚越辰之助という若党がいるだろう。その者のことも……」

「あれはあまり評判のよくない男ですが、組頭の機嫌を取るのが上手な男で重宝されています」

「評判がよくないとはどういうことだ？」

「目上の者にはそうでもありませんが、目下の者には不躾《ぶしつけ》です。雇われ若党の分際ですが、組頭がついていますから、他の徒衆の家来は馬鹿にされても我慢をしているようで……なぜ塚越のことを？」

「わたしもコケにされた。そればかりではなく、腕を試そうと刀を向けてきた」

「あやつが……」

弥之助は眉間にしわをよせた。けしからぬやつだと、憤りの声も漏らす。

「だが、恥をかかせてやった」

「斬りつけてきたはいいが、先生があっさりケリをつけられたのです。鮮やかな手並みでした。尻尾《しっぽ》を巻いた塚越は、先生の腕にふるえあがっておりましたよ」

精蔵が言葉を添え足した。

「すると、塚越は組頭の柴原殿のことには詳しいわけだ」

龍安は遠くに視線を飛ばした。

「いつもついて歩いておりますから、それなりに詳しいとは思いますが、あの男にはあまり関わらないほうがよいと思います」

弥之助はそういってから「うッ」と、うめいた。腹の傷が痛んだようだ。

「あまり関わるつもりはないが……」

龍安はつぶやきを漏らしたあとで、もうすぐそこだと先の曲がり角をしめした。

五

精蔵と久太郎を長屋の表に待たせて、龍安は母・あきを訪ねた。

「いったいどういたしました。こんな遅くに……」

ガラッと腰高障子を開けたあきは、龍安を見てから弥之助に目をやった。

「起きておられてよかった。ちょっと相談があります」

「相談？　ま、いいからお入りなさい」

髪に霜を散らしているあきは、還暦間近ではあるが、そのようには見えない。肌つやがよく、しわも少なかった。

あきの家は長屋といっても、二間があり台所のそばには三畳の勝手もついている。独り暮らしには十分すぎるほどだ。三人は三和土《たたき》をあがった座敷で向かい合った。

「夜分に申しわけありません」

まず龍安は詫びてから用件に入ろうとしたが、あきはそれを遮《さえぎ》るように口を開く。

「遅いといってもまだ四つ（午後十時）前です。気にすることはありませんよ。それにしても近ごろとんと顔を見せなかったではありませんか。親を放っておくと、ろくなことはありませんよ。もっとも毎月の暮らしは、おまえ様のおかげで困ることはありませんが、それにしても心配は絶えません」

またはじまったかと、龍安はうつむく。

ここはしばらく話を聞いてやるしかない。あきは、近所で小火《ぼや》が起きて、危うく焼け出されるところだった。竪川に落ちた子供がいて、大変な騒ぎがあった。木戸番の番人が助けたのでことなきを得てよかったが、最近の親は子供をちゃんと見ないからそんなことが起きるなどとまくし立てた。

弥之助は緊張の面持ちで座っているが、あきの早口に次第に飽きてきたようだ。

「それで相談があるといいましたが、いったいなんでしょう。その前にこちらの方はどなたなのですか？」

あきは弥之助を見る。

「寺内弥之助とおっしゃる御仁ですが、面倒事に巻き込まれ、不埒《ふらち》な浪人に斬りつけられ怪我をされたのです。さいわい命に別状はありませんが、相手は質の悪い浪人でいまも命を狙われているのです」

龍安は家を出たあとで、弥之助と打ち合わせたことを口にした。まさか正直なことはいえないので、この辺は嘘も方便であった。真実はすべてが片づいてから打ち明けるつもりだ。

「ま、命を……それは大事ではありませんか」

「わたしの家で預かってもよいのですが、家には患者がまいりますゆえ、その者たちに火の粉が飛んではことです。かといって寺内殿の家は、悪漢どもに見張られております。下手に近づけないので困っておるのです」

「それで、この家に……」

そういってあきは弥之助を見る。弥之助は申しわけなさそうに頭を下げる。小言の多い母親であるが、案外単純で気のいい質だから、すでに同情的な目になっている。

「それは困ったことですね。でも、どうしてその悪漢どもに狙われるようなことに……」

当然の疑問であるが、龍安はちゃんと考えていた。

「寺内殿は田中某《なにがし》という侍を助けようとしたのですが、その方に斬りかかっていた男が田中殿に返り討ちにあったのです。ところが、その田中殿も怪我をしており、間もなく絶命しました。そのことで寺内殿が田中という侍を斬り倒したと誤解されているのです。悪漢どもはその田中の仲間です」

「御番所に訴えてはいないのですか?」

「訴えても、町方はすぐには動いてくれないのです。御番所も何かと忙しい役所ですし、人が足りないのはいつものことですから」

「それはそうでしょうが、困ったことですね。でも寺内さんには何の非もないのですね」

「わたしは誤解されているだけでございます。おまけにひどい怪我を負わされてしまいまして、これでは踏んだり蹴ったりです。それに命まで狙われることになろうとは思いもいたさないことで……」

弥之助は打ち合わせどおりのことを口にした。

「母上、長い間ではありません。二、三日だけでよいので、寺内殿を預かっていただけませんか」

龍安があきに必死の目を向ければ、

「ご迷惑でしょうが、どうぞよろしくお願いいたします」

と、弥之助は頭を下げる。

「わかりました。困っている人を放っておくわたしではございません。お引き受けいたしましょう。それにこんな年寄りですから、若い寺内さんがいても誰も変な目で見る人はいないでしょう。それはそうと、龍五郎《りゅうごろう》」

龍安の本名は龍五郎である。

「はい」

「その悪者たちのことはどういたすのです。聞きわけのない者たちのような気がしますが、何か打つ手はあるのですか？」

「そちらはわたしがなんとかいたします。わたしも御番所の検屍役を務めた男です。町方の同心には頼れる者が何人かおります」

「そうであるなら問題はないでしょう。でも気をつけるのですよ」

「わかっております。それから……」

龍安は懐から紙包みをだして、迷惑料だといってあきにわたした。毎月、暮らしに困ることのない決まった生活費をわたしているが、ここは気は心である。

「気を遣わなくてもよいのに。でもせっかくですからいただいておきましょう」

あきはちゃっかりしたものである。

「それから腹の傷の手当ては寺内殿ひとりでもできますが、肩のほうは少々厄介ですから、手伝っていただけますか」

「お安い御用です」

「では、お願いいたします。寺内殿、よかったですな」

「なにからなにまでお気遣いいただきありがとう存じます。お母様《はは》、なにとぞよろしくお願いいたします」

弥之助が丁重に頭を下げると、龍安は腰をあげた。

「あれ、もう帰るのですか」

慌ててあきが引き止めようとする。

「明日も仕事がありますゆえ。それにもう夜も遅うございます」

「それならこの問題が片づいたらゆっくりいらっしゃいな。わたしからもおまえ様にお話がありますゆえに」

「そういたしましょう」

龍安が戸口に向かうと、あきが追いかけるように土間に下りた。年のわりには身の軽い母親である。

「後添いのことはよく考えるのですよ。わたしもほうぼうに声をかけているのですから」

またこれかと、龍安は内心でぼやくが、

「その話はいずれ……」

そういい置いて、逃げるように母親の家を出ると、表の道で待っていた精蔵と久太郎が近寄ってきた。

「うまくゆきましたか？」

精蔵が聞いてくる。

「引き受けてくれた。ひとまずこれで安心だが、明日からちょっと動くことにしよう」

「動くって……」

久太郎が追いかけるようについてくる。

「このまま寺内殿を放ってはおけぬだろう。なんとかせねばならぬ」

そういった龍安は、表情を引き締めた。

六

仁正寺藩上屋敷――。

松の向こうに明るい月が浮かんでいた。廊下側の障子を開け放してあり、そこから夜風が吹き込んできて燭台《しょくだい》の炎を揺らした。

唐紙には浅尾と小久保の影が大きく映っている。

「遅いな」

浅尾が苛《いら》ついた声を漏らせば、

「うむ、ずいぶん待たされるではないか」

と、小久保も落ち着かない顔つきである。

二人は永井忠兵衛の用部屋にいるのだった。普段は隣の間で執務を行っているが、いまは下役も誰もない。

静かであるが、屋敷内の長屋からときどき笑い声が聞こえてくる。江戸詰の藩士らが酒盛りをしているのであろう。彼らは大門脇の長屋で起居している。

「出なおすか……」

待つことに痺《しび》れを切らした浅尾が小久保を見たとき、足音が聞こえてきた。

「見えられたようだ」

小久保が応じた。

隣の座敷の襖《ふすま》が音を立てて開けられ、そして閉められた。畳をする足袋音《たびおと》がして、浅尾らの待つ座敷の襖がすうっと開いた。

「お待ちしておりました」

浅尾が頭を下げる。小久保もそれにならう。

「大分待たせたようだが、いかがした」

永井は床の間を背にして腰を据えた。浅尾の鼻孔がかすかではあるが酒の匂いを感じた。

「お調べいただきたいことがあります」

「その前に……」

永井は制するように片手をあげて言葉を継いだ。

「町方の調べであるが、夕刻、それとなく探りを入れてみたところ、おぬしらのことはわかっておらぬ。寺内弥之助のことしかり。町方は三河屋に恨みを持つような者を

探っているようだ」

「では、みどもらの身は安泰ということでありましょうか……」

浅尾はまっすぐ永井を見た。やはり酒を飲んでいたらしく、鼻の頭が赤くなっていた。目も少し充血している。

「そうとはいえぬ。ここは用心がいる。もし、此度《こたび》のことが露見するようなことになれば、国許におられる殿の身が危うくなる。尊王派はどんなほころびでも見つけようと躍起になっている。御留守居役はのんきに構えておられるが、じっとしている場合ではない」

「と、申されるのは……」

小久保が片手をついて身を乗りだした。

「やはり、逃げている寺内弥之助のことだ。しかし、その前にやらなければならぬことがある」

永井はそういって、ふうと息をつき、扇子を開いてあおいだ。

「何でございましょう？」

浅尾は永井の赤く充血した目を見た。

「寺内弥之助を刺客に仕立てるための段取りをつけてくれたのは、同じ徒組の組頭・

柴原庄兵衛殿だった」

「柴原庄兵衛……」

鸚鵡《おうむ》返しに浅尾はつぶやいた。初めて聞く名だった。小久保も同じはずだが、

「あの人が何か？」

と、知ったような疑問を口にする。

「ここは念には念を入れなければならぬ。もしも寺内弥之助が、目付のもとへ駆け込んで此度の経緯を暴露したとなれば、柴原庄兵衛殿へも疑いの目が向けられる。そうなると、柴原殿だけではなく、此度の一件に手を貸してもらったその上役にも累《るい》が及ぶということだ」

浅尾は目をみはった。金持ちとはいえ、町の商人ひとりを殺すのに、いろんな人間が動いていたことを思い知ったのだ。むろん、これは藩存亡の危機を救うための奸策であるから、それぐらいのことはあろうかと推察はしていたが、実際そうだったことを知ると、背筋に寒気を覚えた。

「柴原という方の上役とは……」

それは教えられぬと、永井は首を振った。

「しかし、火種は小さなうちに消しておかねばならぬ。今夜はおぬしら二人がいいと

ころに訪ねてきたので、ちょうど都合がよい。小久保、おぬしは柴原庄兵衛殿を知っているな」

「知っているというほどではありません」

「だが、顔は知っている」

「そばで見たわけではありませんが……」

「それでも顔を見ればわかる」

「おそらく……」

「では、斬れ」

「は……」

小久保が驚くように、隣に座る浅尾も唐突な命令に息を詰めた。

「寺内弥之助を見つけられず、騒ぎが起きれば、わしは腹を斬るしかない。それはおぬしらも同じ。死人に口なし。柴原が死んでしまえば、寺内の証言は反古《ほご》になろう。つまり三河屋の暗殺者がいったい誰であったかは、闇におおわれたままになる。殿や同じ佐幕派の者たちにも迷惑をかけることもない」

「しかし、柴原殿をどうやって、相手は徒組の組頭ではありませんか」

浅尾は声をふるわせた。

「かまうことはない。それに今夜は都合がよい。柴原殿は明神下の料亭で酩酊しておる。帰りは駕籠《かご》であろうが、供の家来はひとりだけだ」

「それではこれから……」

「うむ、腹を斬りたくなかったら、そうするしかない。取る道は二つにひとつだ」

　永井は赤い目に針のような光を宿した。

「しくじってはならぬ。それから顔を見られぬようにいたせ」

「明神下のどこの料亭でしょう？」

「加々美楼《かがみろう》という店だ。おぬしらも一度行ったことがあるはずだ」

　浅尾は小久保と顔を見合わせた。

　やるしかなかろうと、小久保が決意の目をしていう。

「しからば早速に向かうことにいたしますが、永井様にひとつお願いがございます」

「なんだ？」

「寺内弥之助の妻女は病に臥せっておりました。その妻女を診た医者のことを知りたく存じます」

　浅尾はそういって、なぜその医者を知りたいかという理由を話した。

「その医者のもとに寺内が逃げ込んでいると申すか……。なるほど、それはあり得る

かもしれぬ。あいわかった。早速にも手を打って調べることにいたす。その前に、柴原庄兵衛のこと頼んだ」

七

藩邸を出た浅尾と小久保は、明神下へ向かった。

夜は更けているが、明るい月が皓々《こうこう》と照っているので、提灯は持たなかった。

「おぬし、なぜ柴原殿を知っている?」

浅尾は疑問に思っていることを小久保に訊ねた。

「一月ほど前、永井さんの供をしたときに教えられたのだ。いずれ挨拶をしてもらう人だと。しかし、そのときはいまではないといわれた。永井さんがなぜそういわれたのか解せなかったのだが……。おそらく含むところがあったのだろう」

「含むところとは?」

「昨日の情けは今日の仇ということではなかろうか……」

「ふむ」

短く応じた浅尾は、老獪《ろうかい》な永井の顔を思い浮かべ、さもありなんと思った。時刻が

時刻だけに、通りを歩く人影が少ない。それでも夜商いの料理屋や居酒屋にはまだ灯《あか》りがともっている。

「なぜ、永井さんは柴原殿が明神下の店にいることをご存じなのだろう……」

浅尾は隣を歩く小久保を見た。

「さっきまでいっしょだったのかもしれぬ」

「……もし、そうならまずいではないか」

浅尾は表情をこわばらせてつづけた。

「さっきまでいっしょにいて、先に帰ったとしても、これから柴原殿が闇討ちをかけられ倒されたとあれば、永井さんに疑いの目が向くではないか」

「永井さんは用心深い人だ。きっと人に探らせでもしたのだろう」

「……さもありなん」

つぶやくような声を漏らす浅尾は、永井はきっと手抜かりのない断を下したのだと思った。

「とにかくおれたちは柴原殿を討たねばならぬ」

「浅尾」

小久保がまさか臆《おく》しているのではあるまいなと浅尾を見る。

「馬鹿を申せ……」

いい返した浅尾だが、これから人を斬るのだと思えば、心の高ぶりを抑えることはできない。だが、もう何もいわずに歩いた。

柴原庄兵衛が遊興しているという加々美楼は、神田明神裏門前にあった。両側町になっており、北は神田明神下同朋町、南は同御台所町《おだいどころ》である。

町の通りは急な石段になっている神田明神男坂に向かっている。石段の上には大きな銀杏《いちょう》があり、その向こうに月が浮かんでいる。日中は参詣客でにぎわう場所であるが、いまは人っ子ひとりいない。

加々美楼はその通りを外れた脇道にあった。どこからともなく風流な三味《しゃみ》の音が流れてくる。軒行灯の火を消す店があった。前垂れをした女が、爪先立って暖簾《のれん》を下ろしている店もある。そろそろ店は引け刻《どき》のようだ。

加々美楼はそう大きな店ではないが、酌婦を置き、芸者を呼べる高級店だ。柴原庄兵衛は徒組の組頭といっても、役高百五十俵の御目見以下である。そんな店に出入りできる身分ではない。しかし、柴原はそんな店で遊んでいる。

(役得があるのか……)

と、浅尾は訝《いぶか》しく思う。

町奉行所の与力・同心は、諸国の大名や町の者たちからの付け届けを受ける。三十俵二人扶持の同心でも、年百両の収入を得る者がいるという。

徒組の組頭にもそれなりの副収入があるのかもしれない。もしくは賄賂《わいろ》でももらっているのだろうかと穿鑿《せんさく》しながら、自分の身の上と比較する。

浅尾は六十石取りであった。下士ではないが、上士の底辺である。仁正寺藩は小国で外様であるからいたしかたないが、暮らしは楽ではない。袖の下をもらって私腹を肥やす者には義憤を感じていた。

「ほんとにいるのか……」

物陰に身をひそめている浅尾は、加々美楼に目を注いでいる小久保にささやくようにいう。柴原がすでに帰っていれば、今夜は血を見ずにすむと、心の片隅で思う。

「帰っていたとしても待つしかなかろう」

小久保が浅尾の胸の内を読んだようなことをいった。

加々美楼の前には、三挺の町駕籠があった。駕籠かきたちは地面に座り、煙草《たばこ》を喫《の》んだりしている。

雲が月を遮ったらしくあたりが急に暗くなった。加々美楼の二階座敷から一際高い哄笑がわいた。それから間もなくして、ひとりの武士が店の者に送られて出てきた。

浅尾は緊張の面持ちで、「どうだ」と小久保を見る。

「……ちがう」

目を凝らしていた小久保が低声《こごえ》で応じた。浅尾は内心ホッとする。しかし、すぐに他の客が出てきた。二人組だったが、これもちがった。

「あの男だ」

小久保が静かな声を漏らしたのは、小半刻（三十分）後のことだった。

柴原庄兵衛は酔った足取りで駕籠に乗り込んだ。店の番頭と手代が頭を下げて見送る。永井がいったように、ついている供の侍はひとりだった。

物陰に身をひそめていた浅尾と小久保は、柴原の駕籠を見送ってから、どちらからともなく顔を見合わせてうなずきあった。

駕籠は暗い夜道をゆっくり進んだ。駕籠の右についている侍が提灯をさげているので、距離を取っても見失う恐れはなかったし、人通りもほとんど絶えている。

駕籠は町屋を抜け、下谷御成街道を突っ切り、武家地に入った。

あたりにはまったく人気《ひとけ》がない。柴原の屋敷までもうあといくらもない。早くケリをつけなければ、手遅れになる。

浅尾と小久保は藩邸を出る際に用意していた頭巾《ずきん》を目深《まぶか》に被《かぶ》った。そのまま足を早

め、鯉口を切る。

「おれが供の侍をやる」

小久保がいった。わかったと浅尾が応じる。月が出て、足を急がせる二人の影を濃くした。駕籠との距離は二十間もなかった。

「まいるぞ」

小久保が一気に間合いを詰めた。足音に気づいた供侍が振り返って提灯を掲げたが、また前を向いた。しかし、背後の駕籠かきが二人の殺気に気づいたらしく、何か小さな声を漏らした。もう一度、供侍が振り返った。

そのときは小久保が一気に間合いを詰めていた。駆け抜けながら鞘走らせた刀を横に薙いだ。供侍は刀を抜く間もなく、胸を断ち斬られ、手にしていた提灯を落とした。

ボッと、音を立てて提灯が燃えた。駕籠かきは慌てて駕籠を地面に下ろして逃げた。

その間に、浅尾は駕籠の中に刀の切っ先を突き入れた。

たしかな手応え。「うぐっ」という、うめき声がした。

浅尾は駕籠の簾《すだれ》をめくりあげた。同時に脇差が突き出されてきた。とっさに後ろにさがった浅尾は八相に構えて、転がるように駕籠から出てきた柴原を見た。

「何故の所業……」

そういう柴原の声に力はなかった。尻餅をついた恰好で脇差を構えて、浅尾をにらむように見てきた。

「ごめん……」

一言いうなり浅尾は刀を袈裟懸《けさが》けに振り下ろした。

柴原の眉間が割れ、血飛沫《ちしぶき》が月光に弧を描いた。

# 第五章　弥勒橋

一

　龍安《りょうあん》の朝は忙しいときと、そうでないときがある。通い療治に来る患者がどういうわけか、まとまって来るときがあるからだ。そうかと思いきや二人か三人しか来ない日もある。

　もっとも通い療治に来る患者の多くは、大病を患っているわけではない。風邪持ちに頭痛持ち、腹痛に下痢などが主な症状だった。これらの患者には大方薬を処方するだけですむ。馴染《なじ》みの患者だと、久太郎《きゅうたろう》でもどういう症状かわかっているので、龍安が調合している薬包を与える。

「茂《しげ》さん、ちゃんと薬飲んでいるのかい？　酒と薬をいっしょくたに飲んじゃ効き目

「がないんだよ」

などと、久太郎はいっぱしの医者を気取ったようなこともいう。

だが龍安には、たいしたこともないのに、やってくる患者たちのことがわかっていた。患者たちは薬よりも、不安になっている気持ちを静めたいのだ。誰しも病気になれば、気弱になる。熱が出ただけで、もうこのまま死んでしまうかもしれないと思ったり、これは治らない悪い病《やまい》ではないかと、気が小さくなる。

そこで、龍安の適切な注意の言葉に勇気づけられるのだ。

「三日もすれば治る。ただの風邪だ。だが、油断するとひどくなるから今日は大事を取って横になっているのだ。わかったな」

龍安が診ている患者は、熱があって悪寒《おかん》がするという日傭取《ひようと》りだった。

「すると三日は仕事ができねえってことで……」

「仕事して倒れたら元も子もないだろう。無理をすれば風邪をこじらせるだけだ。肺や心の臓を悪くすることもある。とにかく仕事は今日、明日はしてはならぬ」

「へえ、それじゃそういたしやす」

日傭取りの男はへいこら頭を下げて、久太郎から薬を受け取ると帰っていった。薬《やく》礼《れい》は取らない。取ったとしても十六文である。

しかし、薬礼がタダだというのをいいことにやってくる者がいる。それはそれでかまわないのだが、龍安は問診をしながら、患者の暮らしぶりを推察するし、身なりからも判断する。

「この前もおまえさんからは薬礼を取らなかったが、今日は遠慮なくもらうぞ。よいな。わたしは霞《かすみ》を食って生きているのではないのだ」

「ヘッ」

と、女の患者は驚いて、目をしばたたく。足許《あしもと》を見て通ってくる患者は、どういうわけか食えない女が多い。

「そりゃもうお支払いいたしますが、あいにく今日は持ち合わせがないのですけれど……」

「だったら、月晦日《つきみそか》にもらいに行くから、亭主にこさえさせろ」

ときにこういう厳しいことをいってやらないと、いつまでもたかられる。それに患者たちの勤労意欲がなくなる。もっとも、龍安は厳しい取り立てはやらないが。

その日、おかしな男の患者がいた。朝早くから来たのに、他の患者に「お先にどうぞ」といって譲っているのだ。そして、患者が引けてしまったあとで、のそのそと龍安の診察部屋に入ってきた。

「どうした?」

初めての患者である。

まだ二十代初めの男で、久太郎が前もって書かせた書き付けには、大工の太三郎《たさぶろう》とある。よく日に焼けており、手足も太く見るからに丈夫そうである。それが肩をすぼめ、何やらもじもじとしている。

「どうもおかしいんです。このところ、こっちのほうが……へへ……」

太三郎は股間《こかん》のあたりをさすり、恥ずかしそうに頭をかく。龍安は眉宇《びう》をひそめ、太三郎の顔や首、あるいは剝《む》き出しの肌を見た。

「痒《かゆ》いか?」

「へえ、まあちょっと……」

「着物を脱げ」

ヘッと、太三郎は驚いた顔をしたが、藍縞《あいじま》木綿の着物の肩を抜いた。紅斑《こうはん》や膿疱《のうほう》は見られない。それほど進行はしていないようだ。

「しこりはあるか? 足の付け根あたりだ」

「ええ、ありますす。どうも妙な具合でして……ちょいと、ただれているようでして……」

龍安は見せろといった。太三郎は躊躇《ちゅうちょ》したが、患部を診るのが医者だ、治したかったら診せろといった。太三郎は裾をめくって陰茎をさらした。小さな潰瘍《かいよう》がある。

「着物は着ていい。早く来てよかったな。もう少しで手遅れになるところだった」

「治りますか？」

いつもは威勢のいい大工なのだろうが、身を乗りだして聞く太三郎は、至極不安そうである。

「おまえもわかっているとは思うが梅毒《ばいどく》だ。いつからそうなった？　正直にいえ。嘘をいったら治るものも治らなくなる」

「ここ三、四日前からです」

「その前に女遊びをしていると思うが、いつのことだ？」

「一月《ひと》とたっちゃおりませんが、へへ、ちょいちょいと……」

「女房は……」

「いえ、まだ独り身です」

これならまだ救いようがあると龍安は思った。

「そのまま放っておくとどうなるかおまえも知っているとは思うが、全身に瘡蓋《かさぶた》が出来て、鼻がもげたり顔の形が変わってしまう。それだけなら命は助かるが、黴菌《ばいきん》がさ

らに体の中で暴れまくり、肺や心の臓がやられ、息ができなくなったり、骨が溶けて歩けなくなる。つまり、最後は死んでしまうということだ」

太三郎は青ざめていた。

「せ、先生、まさかおれも死ぬってことじゃ……」

「それはわからぬ。だが、薬を出してやる。症状がそれでおさまらなければ、また別の薬を出すから取りに来い。それから女遊びは禁物だ」

龍安は山帰来《さんきらい》に少量の水銀を混ぜた薬を処方してやった。

山帰来は、百合科の多年生蔓性低木の地下茎である土茯苓《どぶくりょう》を煎じたものだった。

これで症状が進行するようなら、昇汞《しょうこう》を服用させようと考えていた。

昇汞は東印度会社が長崎で紹介した特効薬だった。もちろん値が張るので、龍安の家にはなかった。必要ならば知り合いの医者から取り寄せることになる。

「今日は一分いただいておく、なければ月晦日に払いに来ればよい。そのときに具合を診て、あらためて治療をどうするか決める」

大工の収入は悪くない。太三郎にはそれぐらいの払いはできるだろうと思っての請求だった。

「それじゃ月晦日にもう一度来ます。どうもありがとうございます。少し、安心しま

した」

　太三郎はぺこぺこ頭をさげて帰っていった。

　龍安はその朝やってきた患者のことを、大まかに日記にしたためると、おたねに声をかけた。

「ここにいますよ」

　すぐ隣の居間で繕《つくろ》い物をやっていたおたねが顔を振り向けた。背を向けていたのは、患者と顔を合わせないためだ。

「そこにいたのか。昼餉《ひるげ》の支度をしてくれ。飯を食ったら出かける」

「それじゃすぐに支度いたしましょう」

　龍安は台所に向かうおたねのまるみのある尻を眺めて、

「おまえさんも若いころは、かなりいい女だったんだろうな」

　と、独り言をいったが、

「あれ、なにか申されましたか？　耳にくすぐったい声がしましたが……」

　と、おたねは地獄耳なのか、ほろりと笑った。

「おまえさんはいい女だといったんだよ」

「また、年寄りをからかって、いくつだと思ってんです」

もう五十の坂を越しているんですよ、でももう少し若かったら放っておかなかったかもと、おたねは小さくつぶやいて台所に立った。

龍安はそのつぶやきが聞こえたものだから、これはまいったと、首をすくめた。

二

早めの昼餉をすませた龍安は、精蔵《せいぞう》を連れて家を出た。腰には大小を差している。

精蔵は薬箱を持ち、脇差を帯びていた。

花曇りの少し肌寒い日であった。それでもきれいな鶯《うぐいす》の声がかまびすしい。町屋は春らしくどこかのんびりしている。

天秤棒《てんびんぼう》を担いだ蜆《しじみ》売りが、
しじみィ、しじみ……しじみィ、しじみ……

と、声をあげて町の路地に消えてゆけば、浜町堀《はまちょうぼり》に架《か》かる千鳥橋《ちどりばし》をわたってくる花売りの女がいた。

お花はいらんかね。はなィ、はな……お花はいらんかねえ……

花売りの担ぐ籠《かご》には、蓮華草《れんげそう》、桜草、鈴蘭《すずらん》の鉢植えが入っている。

手拭《てぬぐ》いを姉さん被《かぶ》りにした花売り女《め》は、茜《あかね》色の滝縞《たきじま》の着物を短く端折《はしょ》っている。のぞく足がほっそりして白く、花曇りの下で艶《なま》めかしかった。

ところが近づくにつれ、それが思いの外大年増《おおどしま》だとわかり、目の保養だと思った龍安の楽しみが半減した。花売りはすれ違いざまに、やわらかな微笑《ほほえ》みを見せた。龍安もやんわりとした微笑みを返した。

「もっと、若いと思ったのだが……」

「は、なんでしょう？」

精蔵が怪訝《けげん》そうな顔を向けてきた。

「うん。なんでもない」

立ち寄ったのは富沢町に住まう左官職人・仁吉の家である。古い長屋で、路地を走るどぶ板のところどころがなくなっていて、臆病な野良猫が龍安と精蔵を見るなり逃げていった。

仁吉の家は開け放してあった。戸口に立つと、台所にいた女房のお初が、髷《まげ》に被っていた手拭いを取って、これは先生といって挨拶をした。

「勘助の具合はどうだ？」

龍安はそういって、布団の上にあぐらをかいて座っている勘助を見た。しっかりし

た目をしていた。

「熱は下がったようだな」

「お陰様で先生からもらった薬が効いたようです。亭主も一安心だといって、昨日から仕事に出ております」

「それは何よりだ」

龍安はそういって、狭い居間にあがり勘助の目をめくって診た。熱のある目ではない。それに発疹《はっしん》も消えている。

「よかった。これでもう心配はいらぬだろう。一度治ってしまえば、二度と罹《かか》ることはない。だが、用心してしばらく薬を飲んでいたほうがよいだろう」

「もうおいら大丈夫だよ」

勘助は甲高《かんだか》い声を発した。

「用心が大事なのだ。苦い薬はいやだろうが我慢して飲め。そうすれば、もっと丈夫な体になる」

「…………」

「おとっつぁんもおっかさんもそうすれば安心する。そうだなお初」

「そうだよ勘助、先生のいうことを聞くんだよ」

勘助はうなだれて「飲むよ」と、気乗りしない返事をした。

「何より、おまえのためなのだ。いい子だからもう少し辛抱しろ」

龍安は大きな手で勘助の頭をなでてやった。それから持参の薬を十日分渡した。

「先生、うちの亭主が薬礼はきちんと払うといっております。先生が見えたらそう伝えろといわれていますから、払わせてください」

お初が畏《かしこ》まった顔でいった。

「その気があるなら遠慮なくいただくが、無理はするな」

「酒代を削って払うといっていますから無理ではありません」

「さようか。ならば、二分ほど頂戴しよう。ただし、生計にさわりがないように二、三度にわけてもよい。わたしはいっこうに気にはせぬ」

「ありがとうございます」

救われたような顔で頭を下げるお初は、目を潤ませていた。

龍安は家の調度が少ないことと、お初と勘助の粗末な着物から、亭主の仁吉の収入がさほどでないと推量していた。貧乏人にはあまり負担をかけたくない。それよりも、勘助の病状がよくなったことが嬉しい。

早死にをする子供の病気で最も多いのが疱瘡《ほうそう》だった。

「先生のことはわかっておりましたが、薬礼はきちんともらったほうがよろしいんじゃありませんか」

勘助の長屋の表に出るなり精蔵がそんなことをいう。

「ちゃんともらっておる」

「貧乏人からもらわないのはわかっておりますが、それでも少しは考えられたほうがよいと思いますが……」

「おまえはそんなことは心配せずともよい。覚えなければならないことが山ほどあるのだ。お、そうだ。そこの茶店に寄っていこう」

龍安はさっさと歩きながら、そこの草餅を食いたかったのだという。精蔵は半《なか》ばあきれ顔をしてついてくる。

「仁正寺藩のことを探らなければならぬが、どうやったらよいか……」

長床几《ながしょうぎ》に腰をおろし、草餅を頬《ほお》ばる龍安は遠くの空を見やる。

「藩邸を訪ねるのはまずいですね」

「うむ、それは避けたいところだ。何かよい知恵はないか？　どうだ、うまいだろう。それともおまえは甘いものはだめか。この店の餡《あん》がいいのだ」

龍安は勝手なことをいって、茶を飲み、指についた餡をなめる。

「餅は嫌いではありませんので……。仁正寺藩に知り合いはいないのですね。そうなると勤番侍にそれとなく近づくしかないのでは……。非番の者も多いはずですから」

「うむ、それは一計であるな。だが、勤番侍に側用人《そばようにん》のことがわかるだろうか。あまり深く関わると、不審がられもするだろうし……さて、どうするか」

龍安は湯呑みの中の茶柱を眺め、茶のお代わりを小女に注文して言葉を継ぐ。

「あまり悠長にはしておれぬしな」

「そうですね。どういたしますか……。そういえば仁正寺藩付きの医者がいるのでは……」

龍安はハッとなって精蔵を見た。

「おまえもいいことをいう。それがよい」

思い立ったが吉日、龍安はすぐに腰をあげた。

「何か心あたりの医者でも……」

「いるのだ。よし、ついてまいれ」

龍安は座っていた床几に金を置いてさっさと歩きだした。

三

顔を曝《さら》さないように編笠を被っている浅尾と小久保は、厩新道《うまやしんみち》から浜町堀沿いの道に出たところだった。

「欲のない医者だから明神様と呼ばれているらしいが、いったいどんな男なのやら」

浅尾は永井忠兵衛から聞いたばかりのことを口にした。

「それに町方には〝明神の龍〟と呼ばれているとも……」

「らしいな」

応じる浅尾はいつになく悲愴な顔をしていた。昨晩、人を斬《き》ったばかりで、食が細くなっていた。小久保は常と変わらぬようだが、顔がふっくらしているせいかもしれない。現に朝から口数が少なかった。

昼前に二人は永井に呼ばれて、菊島《きくしま》龍安という医者のことを伝えられたばかりだった。

「寺内《てらうち》がその龍安という医者の家にいたら、めったな手出しはできないぞ」

小久保は表情をかたくして浅尾を見た。

「考えなければならぬことだ」

「龍安は剣の腕も立つらしいからな。下手なことはしたくない。それにおれたちが仁正寺藩の者だというのも隠しておかねばならぬ」

「まずは、龍安という医者を見てからだ。それから龍安の家のことも探らねばならぬ。寺内が世話になっていなければ、おれたちの見当ちがいということになる」

二人は千鳥橋をわたって橘《たちばな》町に入った。その先に龍安の住む横山同朋町がある。

浅尾は同町に入ると、近くにあった青物屋に行き、店の前の床几に腰をおろしている店主とおぼしき男に声をかけた。

「先生のお宅でしたら、すぐそこでございますよ」

店主は汚れた手拭いで口のあたりをぬぐって答えた。

「なかなかの名医だと聞いたが、いかにもそうであろうか。いや、当家の者がひどい熱を出して倒れてな。そこで何人かの医者に診てもらったのだが、いっこうによくならぬのだ」

「それは是非、お診せになったほうがよろしいでしょう。評判のいい先生ですから」

店主は疑りもせずに答える。

「明神様と呼ばれているらしいが、いったい何故、そのように呼ばれるのだ」

「貧乏人から薬礼を取らないのがあの先生です。まさに、貧乏人にとってみればお助け大明神様でありがたいことです。藪《やぶ》医のくせに金をふんだくる医者はほうぼうにいますが、龍安先生のような人はめったにいません」

浅尾はもっと聞きたいことがあったが、それだけにしておいた。あまり聞くと勘ぐられかねない。礼をいって早速龍安の家に向かった。

表道から少し入った先に菊島龍安の住まいがあった。小さな家だ。三十坪ほどの土地に、二十坪程度の家が建っている。小庭があり、縁側が開け放されていた。庭で草むしりをしている女がいて、縁側に書物を読んでいる若い男の姿があった。

垣根越しに様子を窺《うかが》うが、他に人のいる様子はない。龍安は往診に出ているのかもしれない。

「小久保、その辺で暇をつぶそう」

「そうするか。知りたいことを聞けそうな店がよいだろう」

「昼をすませておらぬ。飯を食える店がいい」

二人はそんなことを話しながら町屋を歩き、一軒の飯屋を見つけた。看板に根岸屋《ねぎしや》とある。昼時を過ぎているので、店は暇そうだった。客はいず、亭主と思われる男が板場のそばで煙草《たばこ》を喫《の》んでいた。

「いらっしゃいませ。何にいたしましょう」

注文を取りに来たのは、太《ふと》り肉《じし》で愛嬌のいい女だった。

二人は焼き魚を注文した。

「お酒をつけますか?」

「それはよい。飯と漬物、みそ汁があれば十分だ」

女はさがって行くと、あんたと声をかけて浅尾の注文したことを口にした。それから裏に行って干し魚を手に板場に戻った。

「あの女将《おかみ》も龍安のことを知っているかな……」

小久保が板場を向いていう。

「聞いてみるか」

浅尾が応じたとき、女将が客間に出てきた。六坪ほどの小さな店で、杉板の飯台が土間に並べられている。客は空き樽に腰をかけて食事をとるようになっていた。

「女将、ちと訊《たず》ねたいことがある」

浅尾が声をかけると、女将は何でしょうと、にこにこした顔でやってくる。肥えた年増ではあるが、感じのいい女である。

「龍安という医者が近所に住んでいるが、知っているか?」

女将はぱあっと目を輝かせた。

「知ってるもなにも、うちを贔屓《ひいき》にしてもらっている先生ですよ」

「ほう、そうであったか。何やら医者でありながら剣の腕も立つそうだな」

「わたしゃ見たことありませんけど、そうだという噂です。うちもけちくさくて因縁をつける与太者《よたもの》を追いだしてもらったことが何度かあります。相手は匕首《あいくち》を振りまわして斬りかかってきたんですが、先生は小手をちょいとひねってあっさり倒したんです。やくざ者がすごんでも先生は涼しい顔で動じることがないんですよ。それに……」

「なんだ?」

浅尾は照れたように微笑む女将を不思議そうに見た。

「ちょいといい男なんです」

女将は板場で仕事をしている亭主を気にするように声を低めた。

「そうであったか」

「先生に何か用でもあるんですか?」

「いや、名医だという評判を聞いたので、どんな医者だろうかと思っただけだ」

浅尾はそう誤魔化した。

しばらくして飯が運ばれてきた。焼き魚は脂の乗った鯖《さば》であった。みそ汁は賽《さい》の目に切った豆腐に青菜を入れてあった。

腹ごしらえがすむともう一度龍安の家に向かったが、やはり主の龍安は留守をしているようだった。

「医者なのだから往診だろう」

小久保がそういう。

「顔を見なければならぬし、寺内がいるなら奥の間に寝ているのかもしれぬ。もしくは手当てをしただけということも考えられる」

「見張るか」

「そうしよう」

二人は近くの茶店で暇をつぶした。ようようと日は傾いていった。どこからともなく風に流されてくる桜の花びらがあった。もう桜の見頃は終わりそうだ。

花曇りなので、日の暮れはいつになく早い。夕七つ（午後四時）の鐘音を聞くと、あたりに暮色が訪れてきた。

茶ばかり飲んで時間をつぶす二人だが、龍安の家から姿を現した女がいた。庭で草むしりをしていた女だ。

「あの女と話をしてみよう。おまえはここにいろ」

浅尾が立ちあがると、うまくやるのだぞと、小久保が注意を促す。

「余計な心配は無用だ」

浅尾はそういって、女を尾《つ》けるように追った。町の角を曲がったところで追いつくと、

「そこの女、待ってくれぬか」

と、声をかけると女が振り返った。

四

神田白壁《しらかべ》町に住まう野々村芳斉《ののむらほうさい》という老医師は、豊かな銀髪の慈姑頭《くわいあたま》であった。小柄でよく肥えた体を萌葱色《もえぎいろ》の絣《かすり》で包んでいた。訪ねてきた龍安を飄々《ひょうひょう》と客座敷に通し、

「なに、そのほうは小島順慶《こじまじゅんけい》殿が師であったか」

と、嬉しそうに目尻に小じわを増やした。

「順慶先生の教えがあったから、いまのわたしがあると思っております」

「彼の先生とはわたしも少なからぬ間柄であった。そうであったか。玄沢《げんたく》の紹介だというから、これはまた放蕩《ほうとう》な医者が訪ねてきたと思ったのだが、なかなかそなたはよい顔をしておる」

うははと、短く笑った芳斉はゆっくり茶に口をつけた。

龍安は昼間、浅草福井《ふくい》町に住む本道医・松井《まつい》玄沢に会い、仁正寺藩に詳しい医者を知らないかと相談していた。

玄沢は龍安と同じく、元は武士でいたって気さくな医者である。顔が広いのは、夜な夜な柳橋界隈で飲み歩いているせいかもしれない。相談を持ちかけたのはまちがいではなかった。

――それなら野々村芳斉という医者がいる。たしか、あの方が仁正寺藩の屋敷に出入りしていると耳にしたことがある。わたしの名を出せばすんなり会ってくれるはずだ。だが、還暦間近な人で、少々偏屈な年寄りでもあるが……。

そんなわけで龍安は芳斉を訪ねているのだった。

そして、芳斉は龍安が自分と昵懇《じっこん》の仲であった小島順慶の弟子と知り、親近感を覚えたようであった。

芳斉は取るに足らぬ俗世間の話を短くしたあとで、

「それで用向きはなんであろうか？」

と、急に真顔を龍安に向けた。

「じつはこのことはある者の一命に関わることなので、かまえて他言無用に願いたいのですが……」

龍安が用心深い目を向けると、

「命に関わること……」

芳斉は白毛まじりの太い眉を動かして言葉を継ぐ。

「いやこう見えてもわしは口の堅い男だ。順慶殿の弟子というからには決して他言はせぬ」

「これは又聞きなので定かではないのですが、仁正寺藩の台所事情は大変だと聞いております。また、藩内が二つに分かれているとも……そのようなことなのですが……」

龍安はまずは遠回しなことを訊ねた。芳斉はふむとうなって、行灯《あんどん》をそばに引きよせ、あかりにたかろうとしている虫を手で払った。

「台所事情はたしかによくないようだ。詳しいことは知らぬが、殿は国許《くにもと》に帰っておられるが、藩内では倹約を勧められているという。それだけに江戸でのお留守居役の

切り回しは大変そうだ」

「多大な借財があるようですが……」

「うむ、勘定方は苦心していると聞いておるが、さて、わしにはそれがいかほどのものかはよくわからぬ。しかし、藩内が二分しているのは出入りの医者としてそれとなく感じておるよ。これでも鼻は利くほうだからな」

そういった芳斉は、仁正寺藩は佐幕派と尊王派にわかれているといった。藩主の市橋下総守長和は佐幕派であるが、家老格の中に尊王派がいてひそかに藩主と対立しており、内紛が起きているらしい。

尊王派は藩の緊縮財政に批判的で、その原因は藩主の不必要な火薬製造と、軍備増強策にあるとし、すぐにも中止すべきだと主張している。

しかし、佐幕派は諸外国の再三の日本接近を懸念しており、また諸外国への対応をもっと強固にすべきだと幕府に進言している。先に調印された日米修好通商条約に異を唱えてもいるし、年のはじめに桜田門外で起きた井伊《いい》大老暗殺も憂慮している。

「わしにはその辺の詳しいことまではわからぬが、藩内が乱れておる裏にはそんなことがあるようだ」

芳斉はおおまかに仁正寺藩について語り、そう締めくくった。

黙って耳を傾けていた龍安は、ある程度理解したが、問題は仁正寺藩の藩政よりも、いま窮地に立たされている寺内弥之助をいかにして救い、また彼の将来に希望を持たせるかであった。

冷めた茶を口にすると、行灯のあかりを受ける芳斉の老顔に目を向けた。

「先生は永井忠兵衛という側用人はご存じでしょうか？」

「話をしたことはないが、才知に長《た》けた人物だと聞いておる。お留守居役も永井殿のおかげでずいぶん助けられているらしいが、はて何をどう助けられているのか、わしにはよくわからぬことだ」

「すると、側用人は勘定方への差配もされているわけですね」

「それはどうかわからぬ。江戸藩邸の台所に目を光らせているのはお留守居役である。しかし、側用人もきっと帳面をあらためているだろう」

なるほどと龍安は思う。留守居役は藩主の不在の江戸において、幕府や諸国との折衝にあたる外交官的役割をする。当然、幕閣とも交流がある。つまり、それは補佐をする側用人にもいえることだ。

三河屋七兵衛暗殺を請け負った寺内弥之助は、そのような人脈に利用されたと考えてもおかしくない。煎じ詰めれば、弥之助に暗殺を依頼した永井忠兵衛は、幕閣内部

の者を利用して弥之助に白羽の矢を立てたということではないだろうか……。龍安はそう推察するのだった。

「小久保作摩、浅尾新十郎というお使番《つかいばん》がいると聞いていますが、その二人のことを先生はご存じでしょうか？」

「お使番、いや顔を合わせたことはあるかもしれぬが、名を聞いたのはいま初めてなので、おそらく話もしておらぬだろう。その二人がどうかしたかね」

「ご存じなければ結構です。それにしてもためになるお話を聞かせていただきました。礼を申します」

「それでよいのかね。人の命がかかっているのではないか……」

芳斉は小さな目をしばたたいた。

「仁正寺藩のことが少なからずわかっただけで十分です。しかし、今夜のことは先生の胸の内に仕舞っておいていただけますか。このとおりお願いいたします」

龍安は丁寧に頭を下げた。

「順慶殿の弟子の頼みだ。懸念することはない」

五

「遅くなった。飯を食って帰ろう」

芳斉の家を辞した龍安は、長々と待たせていた精蔵にいって白壁町をあとにした。

歩きながら芳斉から聞いたことを簡略に話すと、

「でも先生、そんなことが寺内弥之助さんとどう関係あるとおっしゃるんです。もっとも、仁正寺藩の頼みを聞いて寺内さんが刺客《しかく》に立ったというのはわかりますが……」

精蔵は疑問を口にする。

すっかり夜の闇は濃くなっており、道行く人の姿はめっきり少ない。薄い雲が空をおおっているので、月はその向こうに白くぼやけていた。

「おそらく、こういうことだろう。永井忠兵衛は政治に疎《うと》い寺内殿に、日本を救うためだという大義名分を謳《うた》い、藩の借金を帳消しにするために三河屋暗殺を企てたということだ。おりしも寺内殿は小普請《こぶしん》入りを宣告され、先行き不安でたまらなかった。そこへ、金を積まれての頼みとあれば、誰しも心が揺らぐはずだ。それに、相手は寺

内殿がいかほどの剣の腕前であるかも知っていた」

「腕を見込んでの頼みだったのはよくわかりますが……」

「その腕を知っていたのは仁正寺藩の者ではないはずだ。つまり、永井忠兵衛なる側用人に近い幕府の人間でなければならぬ」

「それじゃ徒組《かちぐみ》の者だと……」

「おそらくそうだろう。寺内殿に小普請入りを告げた組頭の柴原庄兵衛かもしれぬ」

龍安は道の遠くに浮かぶ、小料理屋の行灯を見た。

「もし、そうだったとすれば、柴原という組頭も三河屋がどうなっているか知っているのでは……」

「知っていてもおかしくはない」

「そうなると、柴原殿も寺内さんを捜しているということになるのでは……」

精蔵の声はこわばっていた。

「寺内殿を追っているのは、仁正寺藩の使番二人だけではないということになる。その数はわからぬが、いよいよもってこれは寺内殿が危ない」

そういう龍安は、危険なことに関わっているという思いを強くした。だからといって弥之助を見捨てるわけにはいかない。それに美津《みつ》という妻もいるのだ。

「とにかく腹が減った。飯だ飯だ」

龍安は精蔵の気持ちをやわらげるために、わざとおどけたようにいって足を急がせた。

「もう仕舞いかい？」

暖簾《のれん》をくぐって入ったのは、贔屓《ひいき》にしている根岸屋だった。客はひとりもいなかった。

「まだ暖簾を下げるには早いですよ。提灯《ちょうちん》もつけてあるでしょう」

いつものように明るい女将のおくにが迎え入れてくれた。板場から亭主の富五郎《とみごろう》も顔をのぞかせて、いらっしゃいと声をかけてくる。

「飯が遅くなってな。ありものでも何でもいいから出してくれ」

飯台につくなり龍安はいった。

「まああ、ありものだなんて、うちはこれでもちゃんとした飯屋なんですからね。それにしてもずいぶんお腹空きのようで。お酒もつけますか」

ころころ太ったおくには、にこにこと嬉しそうである。

「つけてもらおう」

「先生、烏賊《いか》のいいのがあるんです、刺身にして残りを焙《あぶ》って差しあげましょう」

富五郎がいうのへ、龍安は頼むと応じた。ついでにほどなくして、おくにが鮹《たこ》と若布《わかめ》の酢和えの突き出しと酒を運んできた。

「はい、どうぞ」と、龍安と精蔵に銚子をさし向ける。

「いつになく暇ではないか。この店にしてはめずらしいことだ」

龍安が酒に口をつけていえば、

「ついさっき客が引けたばかりですよ。もうてんてこ舞いだったんですから」

と、おくにが言葉を返す。

「ならば相も変わらずの商売繁盛というわけだ。おくにの顔色がよいのは、そのせいであろう。それに、ますます器量を上げたようではないか」

「先生はいつもお上手なんだから。でもお世辞でも嬉しいわ」

おくには血色のいい顔をますます赤らめる。

「精蔵さん、たんと召しあがってくださいましよ。お仕事は終わりなんでしょう」

「これから仕事があっては体がもたぬよ。それにしても酒がうまいのは女将の燗のつけかたがうまいのであろうな」

「あらあら、先生が褒め上手ならお弟子さんまで……お助け大明神のお医者様はそんなことまで教えてるんですか」

ホホホとおくには勝手に笑う。底抜けな明るさに接すると、龍安はホッとする。そのためにこの飯屋を気に入っているのだが、亭主の富五郎も感じのいい男であった。

「そうだ。今日の昼間、先生のことを訊ねるお侍が来ましたよ」

おくにはそばから離れようとしない。盃《さかずき》が空けば、すぐに酌《しゃく》をしてくれる。

「ほう、わたしのことを……。どんな侍だった？」

「二人でしたけど、先生は名医だという噂だが、剣の腕も立つそうだなんて……」

「剣の腕を……ふむ」

龍安は二人組というのが気になり、名は聞かなかったかと訊ねた。おくには初めての客だから聞かなかったという。

「ひょっとして、ひとりは色の黒い細面で、もうひとりはふっくらとした丸顔ではなかったか」

龍安は弥之助から聞いている、二人の使番の人相を口にした。

「やだ、それじゃやっぱり先生のお知り合いだったんだ。どうも変だと思ったんですよ」

龍安はとたんに盃を置いて、精蔵と顔を見合わせた。

「おくに、それはいつのことだ？」

「いつ……昼すぎでしたよ。あれ、どうかしたんですか」

「いや、ちょいと大事な用を思いだした。すまぬが飯はやめだ。釣りはいらぬ」

龍安は金を置いて立ちあがった。

六

駆けるように木戸門を入った龍安は、玄関の戸を引き開けるなり、

「久太郎、いるか」

と奥に声をかけた。

「ずいぶん遅いお帰りですね」

久太郎はのんびり顔で居間から現れ、

「いったいどうされたんです？」

と、荒い息をして肩を上下させている龍安と精蔵を交互に見た。

「仁正寺藩の者が訪ねてこなかったか？」

「いいえ、来ませんけど……」

久太郎は不思議そうに目をしばたたく。

「そうであればよいのだ」

龍安はほっと息をついて、式台に腰をおろした。

「根岸屋で先生のことを訊ねた二人組の侍がいるのだ。それが寺内さんが口にした仁正寺藩の使番に似ていたのだ」

精蔵がいった。

「ほんとですか。それじゃこの家を見に来たんでしょうか……」

久太郎は表に目を向ける。

「いや、来ていないのならよいが、二人の使番はわたしのことを嗅《か》ぎつけたのだ。寺内殿の手当てをしたか、もしくは匿《かくま》っていると思っているのかもしれぬ」

龍安は居間にあがった。

「だったらこの家に来るはずでは……」

久太郎があとをついてきていう。

「いや、わたしが寺内殿から委細を聞いたと危懼《きく》しているなら、迂闊《うかつ》には近寄らないだろう。それにしても油断できなくなったな」

「まさか、襲ってくるというのではないでしょうね」

「何の証拠もなくそんなことはしないはずだ」

「この家に寺内さんが来たのを知っているのは、わたしたちしかおりません。患者も寺内さんには会っておりませんから……」

つぶやくようにいう精蔵に、

「おたねさんも知っていますよ」

と、久太郎が応じる。

「だが、寺内さんがどんなわけであんな怪我をしたのかは知らぬし、素性も知らない」

「たしかに……」

「久太郎、とにかくおまえが無事であってよかった。それより飯は残っているか。昼間から何も食っておらぬのだ」

龍安が腹をさすりながらいうと、

「それならすぐに支度をします」

といって、久太郎は台所に下りた。

「先生、仁正寺藩の使番はどうやって先生のことを知ったんでしょう」

精蔵が不安な顔を向けてきた。

「寺内殿と同じ徒衆が話したのかもしれぬ。さもなくば、寺内殿が雇っていた家来か

もし、端《はな》から二人の使番が龍安のことを知っていれば、三河屋暗殺の翌日にでも接近していなければならない。しかし、その気配はなかった。つまり、二人の使番は、弥之助の行方がわからなくなって龍安のことを調べたと考えるのが妥当だ。

そうであれば、やはり徒衆から聞きだしたか、あるいは弥之助に小普請入りを告げた組頭の柴原庄兵衛あたりが、話の出元だろう。

「とにかく用心しなければならぬ」

龍安がつぶやくようにいったとき、久太郎が煮魚と香の物を運んできた。酒をつけるかと聞くので、

「冷やでよいから軽く飲もう」

と、龍安は答えた。

玄関の戸がたたかれたのはそのときだった。三人は同時に顔を見合わせたが、

「先生、お帰りでございますか」

という声を聞いて硬くした表情を緩めた。

「おたねだ。久太郎、入れてやれ」

龍安と精蔵が飯に取りかかっているところへ、おたねがやってきた。

「おたね、いつものようにおまえさんの作った鰈《かれい》の煮物は味がよい。やはり飯は家にかぎるな。それで、こんな遅くにいったいどうした？」

龍安は鰈の白身を口に入れておたねを見た。

「何でもなければよいのですが、床に就こうとしてもどうにも気になってやってきたのですけれど……」

「何が気になる？　うん、漬け物もうまいぞ」

龍安は蕪《かぶ》の浅漬けを食べる。

「怪我をされていた寺内様のことです」

「うん、それがどうした？」

龍安は箸を止めておたねを見た。

「夕方お食事の支度を終えて、こちらを出てすぐのことですけれど、先生や寺内様のことをお訊ねになるお侍がいたのです」

「なに……」

龍安は飯碗を膝《ひざ》におろした。精蔵も食事の手を止めておたねを見た。

「先生はどういう医者だとか、怪我をして手当てを受けた寺内という侍がいないかとか、そんなことを聞かれたので、ありのままを話したのですけれど、あとになってい

けなかったのではないかと気になってきたんです」

「おたね、侍は二人だといったが、どんな人相であった？」

おたねは龍安が弥之助から聞いている二人の使番の人相を口にした。年のころも同じぐらいである。

「それで寺内様がどこにいるかと聞かれましたので、先生のお母様の家にいると申しました。それはどこかと聞かれましたので、わたしは本所林町だと教えたのですけれど……やはり、まずかったのですね」

龍安の顔色が変わったのを見たおたねは口をつぐんだ。

「本所林町のどこだと詳しく教えたのか？」

「いいえ、わたしはそこまでしか知りませんから、ただそういっただけでございます」

「なぜ、おまえさんは寺内殿がわたしの母の家にいると知っている」

「それはおいらが教えたんです。おたねさんだったらかまわないと思ったので……」

龍安はチッと舌打ちをした。

「まずいな」

「何か悪いことでも……」

おたねが心配そうに身を乗りだした。

「たいしたことではない。おたね、おまえさんは帰って休め」

「でも、なんだか様子がおかしいではありませんか」

「おまえさんが心配するようなことではない。さあ、いいから帰って休むんだ」

おたねは納得いかない顔つきだったが、しぶしぶと帰っていった。

「久太郎、おまえは留守を頼む。精蔵……」

龍安は精蔵の顔を見て言葉を切った。連れて行っても精蔵はいざとなったとき、十分なはたらきができない。剣の腕がいかほどであるかはすでに承知していることだ。

「先生、わたしもご一緒します」

精蔵はそういったが、

「いや、よい。おまえも留守を頼む。わたしだけで十分だ。それに、久太郎ひとりにしておくほうが余計に心配だ」

と、龍安は遮《さえぎ》ると、すっくと立ちあがった。

# 七

龍安は足を急がせていた。大橋をわたりきるころ、雲の隙間《すきま》から月があらわれ、蒼《あお》い光を地上に投げてきた。大川の水面がその光を照り返す。

弥之助の身も案じられるが、母親のこともある。小言はともかく、普段は穏やかで思いやりのある母親だが、気性の強い一面もある。二人の使番が手荒なことをしていれば、毅然《きぜん》と刃向かっているかもしれない。

しかし、おたねは詳しい母の住まいを口にしていない。たまたま龍安が教えていなかったからだが、本所林町住まいだというのは使番にもわかっている。木戸番小屋をあたっていけばすぐにわかってしまう。

(これは、いかん)

母親の家が近づくにつれ、胸の内が落ち着かなくなった。龍安はさらに足を速めた。

さっきまで濃かった夜闇は、月の明かりがあるので少しは薄れている。

居酒屋や料理屋にも、まだ灯《あか》りがついている。しかし、人通りはほとんど絶えているといっていい。遠くから犬の吠え声が聞こえてきた。

一ツ目之橋《ひとつめのはし》をわたり、竪川沿いの河岸道を急ぐ。息が切れてきた。さげている提灯の揺れが大きくなる。

（落ち着け、落ち着け）

龍安は大きく息を吸って、呼吸を整えた。

それは、六間堀《ろっけんぼり》に架かる松井橋《まついばし》をわたってすぐだった。背後に人の気配を感じたのだ。それに視線を感じる。

龍安は五感を研ぎすませて、歩みを緩めた。すぐに尾けられていたのだと気づいた。

（使番か……）

背後を振り返りたいが、その気持ちを抑えた。

もし、二人の使番に尾行されているとしたら、おそらく自宅屋敷の近くからであろう。すると、どこかで見張られていたことになる。だが、母親の家にはまだ行っていないということだ。

龍安はためしに脇道にそれた。細い路地を使って本所松井町二丁目の南側に出る。目の前は武家屋敷だ。見越しの松が月明かりを受けている。武家屋敷の東側はまた町屋となっている。河岸道とちがい、提灯や軒行灯《のきあんどん》のあかりが少ない。

龍安はつぎの四つ辻で、母親の家とはちがう方角に足を向けた。まっすぐ行けば弥《み》

勒橋《ろくばし》だ。龍安は背後に神経を注ぐ。

町屋が切れ、大名屋敷の長塀になったとき、尾行者の気配がした。

やはりそうである。ここまで尾けてくるのは、仁正寺藩の使番であろう。

（どうするか……）

龍安は自分に問うた。

相手は弥之助を討ちたいだけだ。自分まで手にかけるつもりはないだろう。だが、正体を見破られた相手が、どう出てくるかはわからない。

もう弥勒橋までほどない。龍安は意を決して立ち止まった。同時に、尾行者の足音が消えた。龍安はゆっくり振り返った。

「何かわたしに用だろうか……」

龍安は左手に持った提灯を高く掲げた。

やはり、尾行者は二人だった。人目を避けるように道の端に立っている。暗がりなので、提灯のあかりは届かないから、例の使番かどうかわからない。

気づかれた二人は逡巡《しゅんじゅん》していたが、やがてあきらめたように道の真ん中に出てきた。月明かりがその顔を照らす。龍安は二人の男に目を凝らした。

やはりそうであった。弥之助が口にした使番である。

「仁正寺藩のお使番であるな」

すでに相手は自分が弥之助の手当てをして、母親の家に匿《かくま》っていることを知っている。こうなったら下手な隠し事は無用である。

「菊島龍安だな」

声をかけてきたのは、目鼻立ちの整った細面だった。

「仁正寺藩お使番、浅尾新十郎だな」

龍安は言葉を返して、もうひとりの男へも、

「そのほうは小久保作摩」

と声をかけた。

二人の表情はすぐに変わった。浅尾は口をへの字に曲げ、

「やはり、寺内弥之助は何もかも貴公に話しているようだな」

そういって、歩を進めてきた。

「何もかも聞いておる。寺内殿は使い捨ての駒のように、貴殿らの藩政に悪用されただけではないか。日本を救うなどという大言壮語は詭弁《きべん》でしかない」

「詭弁ではないッ」

「たとえそうであろうと、貴殿らが寺内殿を利用したのは否めない事実。日本を救う

という気持ちがあれば、正道をもってことに臨むべきではないか」

「正道だと……きれい事で政《まつりごと》はできぬのだ。一介の町医者にはわからぬこと」

「だが、わたしには人の心はわかる。藩の借金を帳消しにするために、貸し主の命を奪うのは許せぬ所業。まさか、藩主の命令だというのではあるまいな。わたしには貴殿らの所業は、上役へのご機嫌取りにしか思えぬ」

「口さがないことを……」

小久保が憤怒の声を漏らし、刀の柄《つか》に手をやった。

それを制するように浅尾が手をあげ、諭《さと》すように首を振った。

「貴公に恨みはない。寺内弥之助の居場所に案内してもらいたい。みどもらの望みはそれだけだ」

龍安はふふっと笑った。浅尾の眉間にしわが彫られた。

両者の距離は三間ほどであった。雲が月を遮り、あたりに濃い闇が訪れ、浅尾と小久保の顔が黒い陰となった。

「わたしは貴殿らがどのような奸策を立てたか知っている。三河屋七兵衛と、その用心棒を殺したことも。さらに、口止めをするために寺内殿にも斬りつけている。貴殿らが誰の指図で動いているかも……それなのに、わたしを生かしておくと申すか」

「町医者のことなど誰も信用はせぬ。寺内弥之助の居所を教えてくれれば、謝礼をはらってもいい」

「口止め料であるか。……断る」

龍安が毅然といい放つと、

「きさま、許さぬ」

といって小久保が抜刀した。

それを見た龍安は手にしている提灯を静かに地に下ろした。同時に地を蹴り、刀を鞘走《さやばし》らせた。小久保が黒い怪鳥《けちょう》のように躍りあがったのが見えた。闇の中で鈍い光を放つ刃が、そのまま振り下ろされてきた。

# 第六章　快　復

一

小久保《こくぼ》の一撃を下からはねあげた龍安《りょうあん》は、身を翻《ひるがえ》して、青眼に構えた。小久保はただちに体勢を整え、八相の構えになった。

刀を抜いた浅尾《あさお》が右に回り込んでくる。地面に置かれた提灯《ちょうちん》のあかりが、その影を作っていた。龍安は青眼のまま、すり足を使って小久保との間合いを詰める。

浅尾が隙《すき》を狙って、ゆっくり動いているのを目の端でとらえた龍安は、右足を左足の後ろに交叉させ、刃圏から外れる。

そうはさせじと、浅尾が詰めてくる。刹那、小久保が迅雷《じんらい》の突きを送り込んできた。

龍安は剣尖《けんせん》をのばすと、自分の刀を相手の刀にからめるように動かし、右足を大きく

右前方に開きながら刀を振り抜き、返す刀で振り返ろうとした小久保の肩に一刀を見舞った。

「うぐッ……」

小久保のうめき声と同時に、手から離れた刀が地に落ちて音を立てた。小久保は片《かた》膝《ひざ》をついて、斬《き》られた肩を押さえている。

龍安はそんな小久保には目もくれず、撃ちかかってこようとした浅尾の剣尖を止めるように、すっと右腕一本で刀を頭上高くあげた。地面と刀はほぼ水平になっている。

浅尾は上段に振りかぶった刀を止めたまま、じりっと後ろにさがった。

「貴殿らの腕のほどはわかった。これ以上やり合えば、生きては帰れぬぞ。それでもやると申すなら遠慮はせぬ」

龍安はぐっと腰を落としたまま浅尾を見据え、ゆっくり刀を下ろし、両手で柄《つか》をにぎりなおした。

斬ってもよかったが、斬れば面倒なことになる。

町方が出てくれば、弥之助《やのすけ》のことが白日の下にさらされる。そうなれば弥之助の未来はない。療養している妻女の美津《みつ》しかり。奸策には奸策をもって対処すべきだという考えが、龍安の頭にはあった。

「いかがする……」

龍安は浅尾との間合いを詰めた。

恐れたように浅尾がさがる。

「貴殿の上役だという側用人《そばようにん》に申し伝えてもらいたいことがある」

「なんだ」

浅尾の額に脂汗が光っていた。雲の切れ目に月が現れたのだ。浅尾の顔が蒼《あお》いのは、月の明かりだけではなさそうだ。

「寺内《てらうち》弥之助のことを忘れてもらおう。これ以上の手出しをすれば、わたしが黙っておらぬ」

「忘れてどうするというのだ?」

「わたしも此度の一件は知らなかったことにする。むろん、寺内殿も同じだ。此度のことを知っているのはわたしと寺内殿だけだ」

久太郎《きゅうたろう》や精蔵《せいぞう》も知っているが、龍安はあえてそういった。二人のことならどうにでもなる。忠実な弟子だ。

「……信用ならぬ」

肩を押さえたままうずくまっている小久保だった。斬れと、浅尾に命じる。

「損得はないはずだ」

「むッ……」

浅尾は満身に気迫を込めた。

目をぎらつかせ、龍安の申し出には答えようとしない。

「いかがする」

龍安が再度声を発したとき、浅尾が撃ちかかってきた。

袈裟懸《けさが》けに刀を振り、空を斬ったと見れば、逆袈裟に振りあげる。いなすようにかわす龍安に、今度は刀を横薙《よこな》ぎに振ってきた。

龍安は体をひねり、紙一重のところでかわすと、浅尾の脇をすり抜けるように右後方に立つやいなや、そのまま愛刀・会津《あいづ》兼定《かねさだ》の棟《みね》を返して、浅尾の背中を斬り下げるように振り下ろした。

「うわっ……」

悲鳴を発した浅尾は、そのまま前のめりに倒れ、地面を鷲《わし》づかみするように両の手を動かした。刀は脇に落としている。

「棟打ちだ。死ぬことはない」

余裕の顔でいった龍安は、ふっと大きく息を吐いて、刀を鞘《さや》に納めた。

「さっき申したこと、とくと考えてもらおう」

龍安は恨みがましく見てくる小久保と、いまだ地に這《は》いつくばってうめいている浅尾を一瞥《いちべつ》すると、提灯を拾って来た道を後戻りした。

しかし、途中の脇道に入ると、ふっと提灯の火を吹き消し、暗がりに身をひそめて息を殺した。それからほどなくして、浅尾が小久保に肩を貸しながら竪川のほうへ向かった。肩を貸す小久保も足を引きずっていた。

龍安はその二人をしばらく尾《つ》けた。いつしか立場が逆転している恰好だ。

しかし、浅尾と小久保が本所尾上《おのえ》町を素通りし、大橋をわたっていくのを見届けると、龍安はきびすを返し、今度こそ母・あきの家に向かった。

声を抑えて訪《おとな》いの声を何度かかけると、弥之助の返事があった。

「どちら様で……」

「龍安だ」

忙しく心張り棒が外され、戸が開けられた。居間の片隅に有明行灯《あんどん》がともっていた。

「いかがされました？」

弥之助は驚いたような顔で見てくる。龍安は後ろ手で戸を閉め、話があるといって

居間にあがった。あきがいないのに気づくと、

「母上はいかがした？」

と、弥之助を振り返った。

「それが、隠すことができませんでしたので……」

弥之助はばつが悪そうな顔をして龍安の前に座る。

「どういうことだ？」

「そのわたしのことです。お母様は先生が嘘をいっているとおっしゃいました。自分の腹を痛めた倅《せがれ》のことだからわかる。わたしに嘘をいってはならないと問い詰められます。何とか誤魔化そうとしたのですが、そうすればそうするほど苦しくなりまして……つい」

「すべてを話してしまったのか……」

はいと、弥之助は気弱な顔になってうなずく。

龍安は大きなため息をつくしかなかった。だが、すぐに弥之助に目を戻して、

「それで母上はどこへ行ったのだ？」

と聞いた。

「川口屋の寮です。わたしにはここにいろと申され、お母様は自分も美津の療養の手

伝いをするといって……」

「まったく余計なことを……。それはいつのことだ?」

「今日の昼間です」

「ふむ、そうであったか……」

龍安は立ちあがって台所に行くと、水瓶《みずがめ》の水を喉《のど》に流し込んだ。ゴクゴクと音を立て、柄杓《ひしゃく》で三杯の水を飲んだ。

「それでいかがされました?」

弥之助が不安そうな顔を向けてくる。

「もう少しのところで、浅尾と小久保という使番《つかいばん》がここに乗り込んでくるところだった。尾行に気づいて追い返しはしたが……」

「なぜそんなことに?」

「そなたがわたしの母の家にいることが知れてしまったのだ」

龍安はざっとその経緯を話した。

「やはり、わたしは狙われているのですね」

「そなたの口止めをしなければ、あの者たちの身が危なくなる。当然のことだ」

「何もかも身から出た錆《さび》です」

と、弥之助はしょんぼり肩を落とす。

「そうかもしれぬが、これには徒組《かちぐみ》も絡んでいるかもしれぬ」

「まさか、そんなことが……」

弥之助は驚いたように目をまるくした。

「仁正寺藩の側用人・永井忠兵衛《ながいちゅうべえ》は幕閣にも顔が利く。徒組の重役に気脈の通じた男がいてもおかしくはない」

「では、わたしの小普請《こぶしん》入りも端《はな》から仕組まれたことだと……」

「ないとはいえぬ」

「いったい何のために……」

「すべては永井忠兵衛の奸策だろう。仁正寺藩はいま二つに分かれ、ぎくしゃくしているという。側用人の永井は藩主と同じ佐幕派だが、尊王を謳《うた》う家老たちと対立しているという。おまけに藩の台所は窮乏の一途らしい。藩政にその因もあるのだろうが、そのことと寺内殿の人生をいっしょくたにされてはかなわぬ。そうではないか」

弥之助は悔しそうに唇を噛《か》んだ。

「とにかく、寺内殿がこの家にとどまるのはよくない。永井忠兵衛はすぐに手を打つはずだ」

「先生も危ないのでは？」

「わたしのことは気にされるな」

「しかし……」

「よいからこの家を離れる。母上が向島なら問題はない。あの者たちも川口屋の寮までは嗅《か》ぎつけていないはずだ。さ、出よう」

二人は揃って家を出た。いつしか空に散らばっていた雲が少なくなり、明るい月が照っていた。夜目に慣れれば提灯もいらなかった。

「先生はなぜ、これほどまでにわたしの肩を持たれるのです？」

竪川の河岸道に出てから、弥之助が口を開いた。

「それは一言ではいえぬ難しいことだ。むろん、寺内殿の不運に同情もするし、妻女を思いやられる心にも胸を打たれるのではあるが、幕府のやり方が気に食わぬのであろう」

「幕府の……」

「わたしも昔は小普請組の御家人だった。しかし、寺内殿は徒組におられた。ちゃんと城勤めをする役目があった。それなのに、内職をしなければ暮らしがままならないというのはおかしい。下位の幕臣は誰もそうである。そんなことで役目が立派に務め

られようか……。わたしはそんなところに、昔から納得がゆかなかった」

「だから医者に……」

龍安はふっと口の端に笑みを浮かべて、それだけではないがといった。

「先生……わたしのことは呼び捨てでかまいません」

「それはできない。小普請入りをしたとはいえ、そなたは立派な幕臣である。わたしとは身分が違う」

「身分など変わりはありません。先生はわたしより年上でもあるし、立派な人徳者です。どうぞ呼び捨てにしてください。そのほうがわたしも気が楽なのです」

「ならば、弥之助と呼ばせてもらおう」

「はい、それがよいです」

弥之助は嬉しそうな笑みを浮かべた。出会って以来、そんな顔を見たのは初めてだったが、すぐに表情をかたくした。

「それでどこへ行くのです？」

「しばらく旅籠《はたご》に泊まっていてもらいたい。わたしの知っている旅籠がある。わたしが頼めば、主は無理も聞いてくれる」

その旅籠は馬喰《ばくろ》町にあった。よもぎ屋という、俗にいう公事宿《くじやど》であった。

主は龍安の顔を見ると、夜が遅いのも気にせず歓迎してくれた。詳しいことは話さず、しばらく弥之助を泊めてくれと申し出ると、部屋は空いているのですぐに用意させると請け合ってくれた。

「今日明日にも決着をつける。それまでおとなしくしていてくれ」

龍安は部屋におさまった弥之助にいった。

「どうやってそんなことを……」

「わたしにやれることをやるだけだ」

龍安はそれだけをいうと、弥之助と別れた。

二

よく晴れた日であった。

雲もなく突き抜けるような青空が広がっている。しかし、栗木十五郎《くりきじゅうごろう》は頭を掻《か》きむしりたい心境だった。黒那智《くろなち》の玉砂利を踏みしめて北町奉行所の門を出ると、待たせていた小者《こもの》の伊三郎《いさぶろう》がすっ飛ぶようにして駆けよってきた。

「今日は見廻りだ」

すたすたと歩く十五郎は不機嫌そうにいって、呉服橋《ごふくばし》をわたる。お堀の照り返しが十五郎の顔にあたった。

「調べはどうするんです？　お目付から何かお指図でも……」

伊三郎が大きな目玉を向けてくる。

「お指図。そんなものはねえさ。おれたちゃ三河屋の一件を調べるだけだ」

「徒組の組頭のことは……」

「野暮なことを聞くな。ありゃ、御番所の出る仕事じゃない。もっとも下手人が町人や浪人だったら別だが、それもわかっちゃいない。ふん、目付にまかせておきゃいいさ」

十五郎は吐き捨てるようにいって歩く。風にあおられる羽織を、腕を動かしてさっと着なおした。

先夜、十五郎は、三河屋殺し探索の途中で、神田松永《まつなが》町代地の岡っ引きから御武家が襲撃にあったという知らせを受けた。放っておくわけにもいかず現場に駆けつけると、二人の武士が路上に倒れていた。

そばに町駕籠《まちかご》が乗り捨てられたように置かれていたので、調べてみると駕籠かきのことはすぐにわかった。さらに、駕籠に乗った武士がどこから乗ったかもわかり、殺

されたのが、徒組組頭・柴原庄兵衛《しばはらしょうべえ》というのが判明した。もうひとりの武士は、柴原の家来で服部友一郎《はっとりゆういちろう》という若党だった。

駕籠かきの証言から柴原と服部を襲ったのは二人で、いずれも頭巾《ずきん》を被《かぶ》った武士だったという。だが、それ以上のことは何もわからなかった。

むろん、十五郎は柴原家へも事情を聞きに行ったのだが、家中の者も下手人への心あたりがなかった。

町奉行所は原則、幕臣の調べをすることはない。よって、それ以上の調べは幕府目付に委《ゆだ》ねるのだが、今朝十五郎を訪ねてきた目付は、言葉つきにも態度にも高慢なところがあり、話しているだけで気分が悪くなった。

喧嘩を吹っかけてやりたくなったが、町奉行所内でもあるし、相手は幕府目付であるからじっと我慢をしているしかなかった。とにかく急いで書いた口上書を渡してきたばかりだった。

（あの目付、勝手にすればいいんだ。くそッ……）

十五郎は腹の内で毒づき、そのままお堀沿いの道を北へ歩いた。ときどき、お堀の向こうにある大名屋敷に目をやる。見えるのは塀の上にのぞいている桜である。二、三日前まで咲きほこっていた桜の花がすっかり散っている。お堀にはその名残の花び

らが、ところどころに浮いていた。

「旦那、どこへ行くんで……」

お堀端の道から外れ、本石町の通りに入ったところで伊三郎が怪訝《けげん》そうに聞いてきた。

知らぬうちにそっちに足が進むのは、三河屋が近いからである。聞き込みはほとんどすませているし、店の者たちからも聞くだけのことは聞いている。

しかし、下手人の手掛かりはいっこうにつかめていなかった。その最中に、徒組組頭が闇討ちされた事件に関わったのだ。おまけに事件担当を引き渡した幕府目付に、見下されたものいいをされて心がささくれ立っていた。

「茶を飲んで休もう」

十五郎は気を静めるために、本石町三丁目の茶店に立ち寄った。三河屋からほどない場所である。

「何かおもしろくないことでもあったんで……」

小女が茶を運んできてから伊三郎が聞く。

「大ありだ。おまえは黙っていろ。考えていることがある」

十五郎はそういいはしたが、とくに何を考えているわけではない。ただ、これまで

調べてきたことを頭の中で整理したいだけだった。何か見落としていることはないか、何か聞き忘れていることはないかなどと、本来の仕事に戻ろうとする。

茶を飲んでいるうちに、少しずつさっきまでの腹立ちがおさまってきた。

通りにある商家は暖簾《のれん》を上げて間もない。丁稚《でっち》や奉公人たちが店の前を掃除したり、水打ちをしている。大八車がやってきては商家の前に止められ、近所の者たちが互いに挨拶を交わしている。

「甚兵衛橋にもう一度行ってみるか」

十五郎はそういって長床几《ながしょうぎ》から立ちあがった。

甚兵衛橋は三河屋七兵衛が用心棒といっしょに殺された近くである。調べに迷ったときは何度も現場に足を運べと、先輩同心から教えられている。十五郎もそれは探索の鉄則だと痛感していた。

「おや……」

めあての橋の近くまで来たとき、十五郎はふと足を止めて、前からやってくるひとりの男に目を細め、口の端に親しみを込めた笑みを浮かべさえした。

「先生ではないか」

声をかけると、先方も十五郎に気づいて立ち止まった。

「これは栗木さん」

「ずいぶんと早いじゃないか。こんな朝っぱらから往診かい」

「いえ、そういうわけではないが……そちらこそ、いつになく早い見廻りではないか」

互いに同等の口を利くが、呼び方は尊重しあっている。

「急ぎでなかったら、ちょいと話でもしないか」

十五郎が誘いかけると龍安は素直に応じた。

さっき茶を飲んだばかりだが、甚兵衛橋のたもとにある小さな茶店に入った。

「久しぶりだな。忙しいのかい」

十五郎は龍安の横顔を見る。どっしりした鼻の下に、うっすらと無精ひげが生えていた。

「お陰様で、何だかんだと身のやすまる暇がない」

「相変わらず明神の龍は引っ張りだこってわけか……」

「その明神の龍というのは何とかならぬか」

龍安はそういって茶を飲む。さして気にも留めていないという顔だ。〝明神の龍〟というあだ名を付けたのは十五郎だった。龍安が患者たちの間で、「明神様のような

医者だ」といわれているのを聞いて、勝手に名づけたのだが、十五郎には別の意味もあった。

以前、龍安は町奉行所の検屍役を務めたことがある。そのおり、十五郎はたびたび龍安の鋭い観察眼に助けられ、犯罪者を挙げることができた。そういった意味で、十五郎にとって龍安は、明神様なのである。

しばらく、桜の見ごろも終わった、菜種梅雨《なたねづゆ》はどうなるだろうかなどと、たわいないことを話した。そんなことでも、気の立っていた十五郎の気が静まってくる。龍安と接するだけで、妙な安心感を得るのだ。

(不思議な男だ……)

と、十五郎は年下の龍安を眺める。妙に人を惹きつけ、人を包む鷹揚《おうよう》さはどこから出てくるのか。持って生まれた人柄なのかと思いもする。

「そういえば、この近くで殺しがあったそうだな」

急に、龍安が三河屋殺しを口にしたので、十五郎はゆるめていた表情を引き締めた。

「もう耳に入っているか……」

「入らぬほうがおかしい。わたしの患者には江戸雀《えどすずめ》が多い」

「まさか、下手人に心あたりがあるというのではなかろうな」

龍安はふっと片頬《かたほお》に笑みを浮かべ、茶に口をつけて、遠くに目をやった。日の光がまぶしいのか、目を細めもする。

「心あたりがあれば栗木さんに真っ先に話しているさ。だが、下手人の手掛かりは……」

と、龍安は十五郎に顔を向けてきた。

「それがありゃあ苦労はせぬ」

「……殺されたのは幕府御用達の三河屋だったな。あそこは大きな菓子屋だ。裏では金貸しもやっていたと耳にする。人の恨みでも買っていたのかな」

何気ないものいいをする龍安だが、関心がありそうだ。

「恨みだと考えるのは常道だが、どうにもよくわからない」

十五郎はそういってから、自分が調べた事柄を口にしていった。龍安だったらかまうことはなかった。話をしている内に、目の前を通る人の数が増えた。あちこちで呼び込みの声もあがっている。店先に現れた猫が、前脚を大きくのばし、あくびをしてからのそのそと店の中に戻っていった。

「金絡《かねがら》みはどうだろう。売り掛けの多い者とか、借金の多い者とか……」

すうっと龍安が目を向けてきたので、「ん？」と、十五郎は胸の内でつぶやいた。

（こやつ何か知っているのか……）
　そう思ったが、なぜそんなことを考えると聞いた。
「気になったまでだ。他意はない」
「貸し金が多いのはとある大名家だ。どこの大名であるかは、たとえ先生であっても
相手のことがあるので口にはできぬが……」
「大名が……どこの国も台所は楽ではないようだから、そんなこともあるのだろう。
それにしても商人から一国の大名が……」
　龍安はあきれるといわんばかりの顔で首を振った。
「それはそれとして、一昨日の晩も殺しがあってな。こっちは武家殺しだからおれの
出る幕ではなかったが、最初におれが関わってしまい、気に入らぬ目付を知ることに
なった」
　そんなことをいうつもりはなかったが、つい愚痴が口をついて出た。相手が龍安だ
からなのかもしれない。
「つづけざまに殺しか。江戸の町も穏やかではないな。それだけ栗木さんも休めぬ体
というわけだ」
「まったくだ」

十五郎は龍安と揃ったように晴れた空を見あげた。

「まさか、その殺された武家と三河屋につながりがあるのではないだろうな」

龍安が視線を下ろしていった。

「それはない。殺されたのは、徒組の組頭だ。柴原庄兵衛という御仁で、料亭で遊んだ帰りを襲われている。襲ったのは二人組の侍だ。わかっていることは少ないが、おれの出る幕じゃない。今朝、御番所にやってきた目付に、そのまま調べを預けたのでな……」

龍安が目をみはっていたので、十五郎はどうしたと聞いた。

「いや、何でもない。さて、わたしは用があるゆえ、これにて失礼する」

そういって立ちあがった龍安を、十五郎は黙って見あげた。

「何か気になることでもあるのか?」

「いや、なにも。では……」

そのまま立ち去る龍安のことを、十五郎は妙だと思った。いつも連れている弟子もいなければ、薬箱もさげず、めずらしく大小を帯びてもいる。十五郎はそんなことに気づきながら、龍安の広い背中を見送った。

三

明るい日の射す用部屋で、浅尾と小久保の報告を受けた永井忠兵衛は、

「うーむ……」

と、うめくような声を漏らしたあと、眉間に深いしわを刻んで呻吟《しんぎん》していた。浅尾は小久保と顔を見合わせ、表から迷い込んできた一匹の蝶を目で追った。

「その医者は、此度のことは寺内弥之助と自分しか知らぬと申したのだな」

ふいの声で、浅尾は永井の老顔に視線を戻した。

「さように申しましたが、信用ならぬことです。相手は一介の町医者です」

「だが、その医者にそのほうらは打ち負かされてきたのではないか」

それをいわれては面目ないとばかりに、浅尾と小久保はうつむいた。永井は言葉を継いだ。

「つまり、寺内弥之助は妻女の治療をしている龍安という医者のもとへ逃げ込み、何もかもしゃべっているというわけであるな」

「そうなりましょう」

浅尾は慇懃《いんぎん》に応じた。

「それゆえに、龍安は寺内弥之助の身を案じ、自分の母親の家へ匿《かくま》った」

「おそらくさようで……」

「寺内の妻女はいかがした？」

浅尾は小久保と顔を見合わせた。

「わかりませぬ」

小久保が苦渋の顔で答えた。いつも口数の少ない男だが、今日はとくに言葉少なである。龍安に斬られた肩の傷がうずくのか、ときどき片手でさすったりしている。

「寺内のいる龍安の母御《ははご》の家であろうか……」

「それもたしかなことは……」

浅尾は永井の顔色を窺《うかが》うように答えた。

「わからぬと申すか。しかし、困ったことになった。これはまったく算盤《そろばん》ちがいだった」

永井は膝に置いた手を小刻みに動かした。浅尾はそんな落ち着きのない永井を見るのは初めてだった。

縁側に射し込んできた日の光が、唐紙にはね返り、永井の顔にあたっていた。

「……うむ、うむ」

永井は何やら思案をめぐらしているが、浅尾にはその胸の内がわからない。だが、以前から気になっていることを、思い切って訊《たず》ねた。

「永井様、ひとつお訊ねいたしますが、三河屋をあのようにしただけで、藩の借金はなくならないのではございませんか。三河屋は抜け目のない商人だったはずです。当家にいかほどの金を貸していたか、ちゃんと帳面に記してあるはずです。そうであれば、三河屋の当主が死んだだけでは、藩の借金がなくなったことにはならないはずです」

「案ずるなかれ」

「は……」

浅尾は永井をまっすぐ見た。

「三河屋はあくまでも菓子屋が商売。金貸しは裏の商売。その裏の商売の鑑札《かんさつ》は持っておらぬ。つまり、信用のおける者にしか金は貸しておらぬ。むろん、その利息は高いのではあるが、貸し借りはあくまでも三河屋本人と借り主との間で交わされるもの。たとえ帳簿が残っていたとしても、それはひとりの人間と人間の貸し借りである」

「………」

「藩が借り受けた金は、三河屋本人から借りたことになっている。証文もそうなっている」

つまり、三河屋七兵衛個人と仁正寺藩という個人との貸し借りだから、どちらかが先に死んでしまえばその賃貸関係は消滅するということなのだ。

もちろん、三河屋は相手が大名家だから、よもや取り損なうなどとは考えていなかっただろう。ところが、三河屋は自分のことは考えていなかった。自分が生きている間に十分な利息をもらい、元金を回収すればよいと計算していたということだ。

「三河屋の相続人からの請求があったとしても……」

小久保だった。

「反古《ほご》だ」

永井はあっさり応じた。

浅尾はなるほどそういうことであったのかと、ようやく納得のいった顔になった。

「それよりも問題は龍安という医者と、寺内弥之助のことだ。ゆっくり構えている暇はない。どうにかしなければならぬ。その医者に会ってみるか……」

「話をされるとおっしゃるのですか？」

浅尾は目をしばたたいた。

「会ってどうするか、どのように話を進めるか、それを考えておるのだ。下手に出れば、墓穴を掘ることになる。うむ……」

永井はまた呻吟しはじめた。しかし、今度はさっきより長くなかった。日が翳《かげ》り、部屋の中がゆっくり暗くなったとき、

「そのほうら、まずは寺内弥之助の妻女がどこにいるのか探るのだ」

と、永井が命じた。

「居場所がわかりましたら、いかがいたしましょう」

「わたしに知らせたのちに、見張っておくのだ」

「それでは龍安のほうは？」

「わたしにまかせておけ。とにかく一刻を争うこと。寺内の妻女の行方を追うのだ」

「はは」

浅尾と小久保は同時に頭をさげた。

仁正寺藩上屋敷は、町のど真ん中にあるといっていい。土地の者がお玉が池と呼ぶ場所である。そばに武家地はあるが、そのまわりは町屋で、藩邸の表門を出てしばらく行くと、もうにぎやかな商家のつらなる通りとなる。

国許とはちがう華やかさがあり、初めて江戸参勤に来た者は誰もが江戸の繁華さに

心を浮き立たせる。しかし、それも長くはなく、やはり国に帰りたいという思いを強くする。結局は、生まれ育った故郷の水と空気があっていることに気づき、家族を恋しく思ったりもする。

むろん、江戸にかぶれてしまう者もいるが、それでも故郷の山河への思いを消すことはない。

浅尾も見慣れてしまった江戸の町屋を眺めながら、里心のついている自分に気づいた。永井の指図を受けて動くことに疲れも感じていた。

「小久保、傷の具合はどうなのだ？」

浅尾は歩きながら同僚を心配した。

「手当てはうまくいっているし、さいわい傷は深くなかった。どうということはない」

「しかし、それでは刀が使えぬだろう」

「寺内の妻女を捜すだけだ。刀を使うようなことはあるまい」

「それはそうであろうが……」

浅尾は顔を曇らせて、小さく嘆息した。それに気づいた小久保がどうしたと、顔を向けてくる。

「……おれたちは、口では幕府を守るためとか、藩のためだとかいってはいるが、所詮、永井さんや佐幕派についているだけではないか。小久保、おまえはそのことを真剣に考えたことがあるか」

「いまさら、妙なことをいうやつだ。考えているから、永井さんの指図を受けているのではないか」

「それは本心であるか……」

浅尾は立ち止まって小久保を見つめた。

「偽りなく申してみろ」

小久保は視線をそらし、商家の塀越しに見える梅を眺めた。新緑の若葉が風にそよいでいる。それからゆっくり顔を戻すと、

「正直にいえば、まわりに流されているだけかもしれぬ。そして、永井さんのいうことを、それがさも自分の信念だと思っているのかもしれぬ。もし、おまえがいなかったらおれは、尊王派にいたかもしれぬ」

浅尾はしばらく小久保を見つめていた。すぐそばを大八車が、音を立てて通りすぎても気にもしなかった。

「……よくぞいってくれた。おれもまわりに流され、永井さんに躍らされているだけ

なのかもしれぬと思うことがよくあるのだ」

「しかし、もうあとには引けぬ。江戸藩邸の横目付は敵である。ここで下手《へた》を打てば、どんなことになるかわからぬ」

それはよくわかっていることだった。江戸留守居役は佐幕派ではあるが、横目付は永井のやり方を快く思っておらず、尊王派の息がかりだった。

小久保はつづけた。

「とにかく寺内の妻女を見つけるのが急がれるし、寺内と龍安という医者を何とかしなければ、おれたちに先はない」

「いかにもそうだ」

そう応じた浅尾だが、それにしても面倒なことになったと、顔に苦渋をにじませた。

四

龍安は仁正寺藩上屋敷の近くまで行ったあとで、向柳原にある徒組の組屋敷に足を運んでいた。弥之助の屋敷はひっそりと閉まったままだが、他の屋敷はそうではなかった。やはり、どの家にもなんとなく慌ただしさが感じられた。

自分たちの直接の上役である組頭が、何者かに闇討ちをかけられ暗殺されたのだ。穏やかであろうはずがない。殺されたのが一昨日の晩だというから、今日が葬儀のようだった。喪服姿の徒衆らのあとを尾けて行けば、自ずと葬儀場に辿《たど》りつく。

龍安は十五郎から下手人が二人だったことを聞いている。それはおそらく仁正寺藩の使番と推量していた。例の浅尾と小久保にちがいないと――。

しかし、まだそうだと決めつけるわけにはいかない。その真偽を調べるために、殺された柴原庄兵衛の若党・塚越辰之助《つかごしたつのすけ》に会って話を聞こうと思っていた。また、塚越には他にも聞きたいことがある。

柴原庄兵衛の葬儀は、浅草元鳥越《もととりごえ》にある寿松院《じゅしょういん》無量寺《むりょうじ》で行われていた。徒組の組頭だけあって、参列者は多かった。同じ組の徒衆はもちろんのこと、他の組の徒衆も加わっている様子で、徒組頭らしき人物の姿もあった。

龍安は医者のなりをしているので、境内《けいだい》に入れば目立つ。人目を避けるように門前の茶店で様子を窺った。

早々に焼香を終えて帰る者もいたが、多くは境内に残っていた。参列者に目を凝らしているうちに、龍安は塚越辰之助の姿を見つけた。

本堂の階段を下りたところで、参列者に挨拶をしては、履物を揃えたりと忙しい。

だが、葬儀が進むうちに山門そばにある記帳所にやってきた。

山門外には三挺の乗物があり、陸尺《ろくしゃく》らが暇そうに世間話に興じたり、煙草《たばこ》を喫《の》んでいた。いずれも組頭やそれに準ずる者たちの乗物を担ぐ者たちだ。

龍安は茶店を出て何気なく山門に入ると、塚越の背後から近づいていった。そばには幾人かの者がいたが、揃ったように本堂のほうに注意の目を向けていた。

そっと塚越に近づき、肩をたたくと、ビクッと驚いたように振り返った。龍安を認めると、「やッ」と、小さな驚きの声を漏らす。

「話がある。そっちへ」

龍安が一方へ顎《あご》をしゃくると、塚越はしぶしぶといった体《てい》でついてきた。松の木陰で龍安は塚越と向かい合った。

「いったいなんのご用で……」

塚越は一度懲《こ》らしめられているので低姿勢だ。

「主人を亡くして気の毒であったな」

「まさか……」

「変な勘繰りはよせ。わたしは柴原殿に恨みもなにもない。だが、下手人のことが気になる」

塚越は一度まわりを見て、なぜですと聞く。

「どうしても知りたいからだ。下手人は二人組であったそうだな。大方調べはついているのだろうか」

「それはまだです。駕籠かきもよくわからないようでして……。お目付がそのことはあれこれ探っているのですが……」

「さようか。おぬしはこのあとどうなるのだ？　柴原殿が亡くなったとなれば、お役ご免になるのではないか」

「それはありません。若殿が跡《あと》を継《つ》ぎますから、わたしはこのまま柴原家に奉公する身です」

「それはよかった」

龍安はにやりと笑った。まだ、使い道があると、胸の内でつぶやく。

「柴原殿の上役は誰だろう？　参列していると思うが……」

「そんなことをなぜ？」

「教えてくれぬか。おぬしに迷惑はかけぬ」

龍安はいつになく厳しい目で塚越をにらむ。

「……殿様は組頭でしたから、徒頭の吉井宇右衛門《よしいうえもん》様です」

（吉井宇右衛門……）

龍安は胸の内でつぶやき、「参列されておるのだな」と聞いた。塚越はもちろんだとうなずく。

「徒頭より上の方も見えているのか？」

「いいえ、吉井様より上の人は来ていません。いったい何なんです」

塚越は迷惑そうに顔をしかめる。

「柴原殿は、他の重役との付き合いはどうであった？　例えば若年寄とか、他の重役とかそのような方のことであるが……」

「殿様が会われるのは吉井様ぐらいでしたよ。他の重役と会われることはまずありませんでした」

龍安は顎をさすって、もっと踏み込んだことを訊ねようかどうしようか迷ったが、この辺にとどめておくべきだと自分を戒めて、

「取り込み中申しわけなかった」

と、いって背を向けた。

山門を出るまで塚越の刺々《とげとげ》しい視線を背中に感じていたが、気にせず歩きつづけた。

柴原庄兵衛の上役のことは、弥之助に聞いてもわかるかもしれなかった。しかし、そ

の辺は心許《こころもと》ないものがある。

弥之助は徒組の軽輩だったから、重役連中まで詳しくないはずだ。その点、柴原の供についていた塚越はその限りではない。柴原がどのような重役と接していたか、よくわかっているはずだった。案の定、塚越はよく知っているようだった。

そして、柴原庄兵衛と少なからず通じていたのは、徒頭の吉井宇右衛門だというのがわかった。龍安はこれでよいと思った。

最前の茶店に戻ると、茶を飲みながら吉井宇右衛門が現れるのを待った。山門が騒々しくなったのは、それから小半刻（三十分）後のことであった。葬儀が終わったのだ。埋葬に立ち会わない参列者が、つぎつぎと山門から出てきた。

龍安はそのなかに、吉井宇右衛門らしき男の姿を見た。周囲の者たちの接し方で、それとなくわかったし、待たせていたもっとも立派な乗物に乗り込んだからである。

龍安は乗物が動きだすと、間を置いて茶店を出、そのままあとを尾けた。

寿松院を出た乗物は、武家地を抜けて神田川沿いの道に出ると、そのまま西に向かった。供侍が四人、中間《ちゅうげん》と草履取りがひとりずつついていた。

乗物は昌平坂《しょうへいざか》を上り、水道橋《すいどうばし》を過ぎても進みつづけた。龍安はのんびり尾行しながら、周囲の景色に目を細める。空には点々と雲が散ってはいるが、いたって天気は

よい。大名屋敷や神田川沿いの道に、桜の木が見られたが、もう花はいくらもなかった。代わりに目につくのが赤い躑躅《つつじ》だった。

吉井宇右衛門を乗せた乗物は、神楽坂《かぐらざか》の手前で右に折れて小高い丘へ進んでいった。このあたりはほとんど武家地である。吉井宇右衛門が消えた屋敷は、なだらかな坂を上ったところにあった。

長屋門のある立派な屋敷であった。千石取りの徒頭に相応《ふさわ》しい屋敷といえた。龍安は吉井宇右衛門一行が屋敷内に消えたのを見届けると、そのままきびすを返した。

五

「お呼びに与《あずか》り参上つかまつりました」

廊下に平伏《ひれふ》す男がいた。

待っていた永井は静かにその男を眺めた。馬廻り方の軽輩ではあったが、剣の達人だという評判が高い。江戸藩邸にて行われる年に一度の武道試合で、右に出る者はいない。その腕は、永井も見ていてよく知っていた。名を河瀬鉄之進《かわせてつのしん》といった。

「面《おもて》をあげよ」

河瀬鉄之進は緊張した顔を上げた。唇の厚い受け口で、細い吊り目だった。眉間に溝のように深い縦皺《たてじわ》を一本彫り込んでいる。

「これへ……」

永井が膝許《ひざもと》を扇子《せんす》でしめすと、鉄之進は畏《かしこ》まって膝行《しっこう》してきた。藩重役、それも藩主・市橋長和の右腕といわれる男に呼ばれたのだから無理もない。「楽にいたせ」といっても、鉄之進はそのまま石のように固まっていた。

「呼んだのは他でもない。わしの警固を頼む」

「は……」

「そのほうが、いかほどの腕であるかはよくわかっている。先の試合でも見事な勝ちっぷりであった」

「はは、恐れ入ります」

「その腕を見込んでの頼みだ。このことかまえて他に漏らしてはならぬ。よいな」

「……はは」

「夕七つ（午後四時）になったら出かけるが、供を頼むので表門の前で待っておれ。他の者に聞かれてもこのことは漏らしてはならぬ。大事な役目だ。そのほうのはたらき次第では、加増がかなうよう取りはからう」

鉄之進の細い目が、かっと見開かれた。

「いったいどのようなお役目で……」

「穿鑿《せんさく》は無用だ。よいか、夕七つに表門だ」

永井は鉄之進をじっと見た。

「承知いたしました」

鉄之進がさがると、永井は細いため息をついた。傾いた日の光が、障子にあたっていた。

じっとしておれない心境だった。即座に動かなければ、事態は悪くなる一方のはずだ。龍安という医者を殺すとしても、その前に話は聞いておかなければならない。それにしても、家中の者を使わず、寺内弥之助を使ったのは大きな誤算だった。

こういうことだったら、最初から河瀬鉄之進を使っておけばよかったと思いもするが、もうすでにあとの祭りである。とにかく、ここはうまく立ちまわり、龍安という医者に対処しなければならない。

（それも、今日中に何としても……）

心中でつぶやいた永井は、ぱちんと扇子を閉じ、浅尾と小久保は、寺内の妻女の居所をつかんだだろうかと考えた。そっちのほうも気が気でなかった。

龍安は旅籠「よもぎ屋」に逗留《とうりゅう》している弥之助の様子を見たあと、家に帰るなり、美津と母あきの様子を見てこいと、久太郎を川口屋の寮に走らせた。

すでに通い療治の患者は引けており、龍安は精蔵と二人だけであった。

「さて、相手がどう出てくるかが見物だが、いずれ何か連絡があるはずだ」

龍安は縁側の柱にもたれ、猫の小春《こはる》をなでながら、のんびりした口調でいう。

「相手は大名家の側用人ですよ。大丈夫でしょうか……」

精蔵が不安の色を顔ににじませて、淹《い》れてきた茶を差しだした。

「わたしには何らやましいところはない。何も恐れることはないさ。さあ、小春もういいだろう」

龍安はゴロゴロと喉を鳴らしていた小春を脇に放るように置いて、湯呑みをつかんだ。小春はのそのそと居間のほうへ歩いていった。

「それにしても相手は徒組頭と三河屋を手にかけているのです。利用した寺内さんを殺しかけてもいます」

「そのことは、おまえの胸の内にしまっておけ。久太郎にも詳しいことはしゃべってはならぬ。あやつは口が軽いからな」

龍安はそういって、ごろりと横になり、

「おお、雲がきれいに染まりはじめた」

と、悠長に空を眺めた。

縁側から見える空に浮かぶ雲が、うっすらと赤くなっていた。その雲の縁は薄紫だ。

日暮れが間近なせいか、鳥たちの声がかまびすしくなっている。

「相手は藩のためだ、幕府や日本のためだといっているようだが、わたしは寺内弥之助と美津殿の命が大事だ。恵まれぬ者が虫けらのように捨て駒にされるのを、黙って見ておれるか。そんなことでは正義もくそもない」

「それはそうですが……」

「おや」

龍安は横になったまま精蔵を見た。日が翳《かげ》っているので、その顔の半分は黒くなっていた。

「おまえは弥之助や美津殿がどうなってもいいというのか」

「そんなことはありません」

精蔵はぶるぶると首を振って否定するが「でも」と、つぶやく。

「でも、何だ？」

「先生だって危ない目にあうかもしれないのですよ」

「そんなことは百も承知だ。だが、見過ごすことはできぬ。わたしが何もしなければ、弥之助と美津殿はどうなる？　まさか御番所の力を頼むというのではあるまいな。そんなことをしたら、二人の命は助かりこそすれ、これからの将来はどうなる？」

「それは……」

精蔵は口をつぐんだ。どうなるかは口にせずともわかっているからだ。

「弥之助の所業が表沙汰《おもてざた》になれば、ただではすまぬ。悪くすれば死罪だ」

「…………」

「どっちに転んでも、死が口を開けて待っているようなものではないか。そんなことを知っておきながら、じっとしてはおれぬだろう」

「……しかし、先生、相手から連絡があったらどうされます」

「それを待っているのだ。押しかけてくるかもしれぬが、まあ、大袈裟なことをすれば相手ものちのち具合が悪くなるのは勘定に入れているはずだから、手荒なことはしないだろう。まずは会って話したいといってくるはずだ。そう仕向けているのだからな」

そういう龍安は、その日、仁正寺藩の側用人・永井忠兵衛を訪ねようと思っていた

のだった。しかし、その前に栗木十五郎に偶然出くわし、柴原庄兵衛が殺されたと知って考えを変えたのだった。

「精蔵、おまえが気を揉《も》むことはない。ここはどんと構えているしかないのだ」

龍安は腕枕をして天井を見あげ、

「少し、眠っておくか」

と、目を閉じた。

「先生って人は……」

精蔵はあきれたような声を残して、台所のほうへさがった。

訪いの声があったのは、それからほどなくしてからだった。訪問客は子供であった。

龍安は開けた目をまた閉じたが、訪ねてきた子供の応対に出た精蔵が、慌てたようにやってきて、

「先生……これを……」

と、一通の書状を手渡した。

龍安は封を開いて読むと、

「やっと来たか」

とつぶやいた。

「側用人からですか……」

「精蔵、留守を頼む。遅くはならぬはずだ」

龍安はそういうなり、腰をあげた。

六

いつしか雨が降っていた。龍安を見送る精蔵が、傘を差しだした。

「降りが強くなるとは思わぬが、持っていくか。このこと久太郎が帰ってきても話してはならぬぞ」

龍安は提灯と傘を受け取った。

「承知しました。気をつけてください」

「うむ」

龍安はそのまま家を出た。

呼びだしたのは、やはり仁正寺藩の側用人・永井忠兵衛だった。使番の浅尾と小久保もいっしょかもしれない。それならそれで話が早いと、龍安は考えた。

雨は強くなかった。肌に張りつくような糠雨《ぬかあめ》である。乾いた地面をしっとりと濡ら

しており、料理屋の行灯のあかりを受けた柳の葉が侘《わび》しく垂れている。

永井が待っているのは米沢町三丁目にある「みよし」という料理茶屋だった。薬研《やげん》堀《ぼり》のそばだ。龍安は入ったことはないが、高級な料理屋だというのは知っていた。

近道をするために武家地を抜ける。雨のせいで夜の闇は濃い。提灯がなければ、足許も覚束《おぼつか》ない暗さだった。龍安は歩きながら五感を研ぎすましていた。

油断はできない。町屋とちがい、武家地はひっそり静まっている。自分の足音も雨に濡れた地面に吸い取られている。町屋に出るまで異変はなかった。

静かななか三味線の音がどこからともなく聞こえてきて、料理屋や居酒屋のあかりが糠雨にけむっている。

龍安は「みよし」に入ると、出迎えてくれた仲居に永井の名を口にした。

「お待ちです。こちらへどうぞ」

女中に案内されたのは、奥の小座敷だった。内密な話をするのに相応《ふさわ》しい部屋だ。

(ひとりか……)

障子を開けたとたん、龍安は思った。その座敷には小柄な男がいるだけだった。梅《ばい》幸茶《こうちゃ》の紬《つむぎ》にうすい絽《ろ》の羽織というなりだ。

「菊島《きくしま》龍安でございます。永井忠兵衛殿ですね」

龍安は障子を閉めて、永井と向かい合って座った。すでに膳部は調《ととの》えられていた。塗りの高脚膳には、刺身に天麩羅、香の物、そして吸い物まで付いている。

「お近づきの印に一献」

永井は銚子をさし向けてきたが、龍安は受けなかった。

「酒は控えます。それよりも用件を……」

「うむ、よかろう」

銚子を手許に戻した永井は、盃《さかずき》をゆっくり口に運んだ。小柄でひ弱そうな男だが、人に威圧感を与える雰囲気を身にまとい、油断のならない目をしている。広い額には怜悧《れいり》さが窺われる。

「浅尾と小久保から、そなたの申し出は聞いた」

「それで、その返答は……」

まあと、永井は片手をあげて龍安を制し、流暢《りゅうちょう》に話しはじめた。天下国家がどうなっている。幕府は開幕以来、最大の危機に瀕している。このままでは諸外国に乗っ取られてしまう。そのために軍備がいかに重要であるか。また、尊王攘夷がいかに危険な思想であるかなどと話していった。

「まあ、これへ……」

　龍安は永井から目をそらさず、耳を傾けていたが、そのほとんどを聞き流していた。永井が自分を懐柔しようとしているのはよくわかった。しかし、それは無駄なことだと、龍安は胸の内でつぶやく。

「三河屋は気の毒であったが、大事の前の小事と思ってもらうしかない。時代が大きくうねる折にはよくあることだ。それは昔もいまも変わらぬ。よりよい国を造るためには、犠牲になる者も出てくる。致し方ないことだ」

　永井はそういって、小海老の天麩羅を口に入れた。

「話をすり替えられては困る」

　龍安は静かな口調でいった。口を動かしていた永井が、はたと見返してきた。行灯のあかりが、その顔にある小じわを浮き立たせていた。

「天下国家を論じるのは勝手だが、人の命を粗末にされては困る。人は国の宝。それを犠牲にして、国を造るというのは解せぬこと。三河屋は気の毒であったと申されたが、それは己に都合のよい考え方ではござらぬか」

「なに……」

「借金返済に窮しての人殺しでござろう。それは曲げることのできない事実ではありませんか。人の道にあるまじきこと」

「………」

「金が返せぬから相手を殺す。そんなことが世の中に罷《まか》りとおるようだったら大まちがい。おまけに貴藩に縁もゆかりもない、恵まれぬ軽輩を使って三河屋を謀殺しようとしたことは許し難き所業。このことを世の中の者が知ったら、何と思うでしょう。いやいや、世の中でなくとも、永井殿のお殿様が知ったとしたら、藩や幕府の目付が知ったとしたら、どうなりましょう……」

血色のよい永井の顔色が変わっていた。人を威圧する威厳もしぼんでいる。

「大仰に天下国家のためだと、言葉巧みに人を籠絡するのはおてまえの勝手。だが、正道に背いての改革がありましょうか？　わたしは人の病を治し、命を救いたい医者。恵まれぬ者や貧しき者をないがしろにして、天下を救おうというのは本末転倒ではありませぬか」

「わたしはそんなことは……」

「していないと申されるか」

龍安は目に力を入れて永井をにらみ据えた。

「寺内弥之助はどうなるのです？　彼は徒組の下士であった。内職しなければ生計がままならぬ男である。おまけに床に臥《ふ》している妻がいる。そんな男をあろうことか、

人殺しに仕立てようとした永井殿の心を疑う」

「何がいいたい」

永井は顔に怒気を含み、盃の酒を一気にあおった。

「世直しをしたければ、もっと他のやり方があるのではありませんか」

龍安が口調を抑えると、永井は「うっ」と絶句した。龍安はつづける。

「わたしに刀を向けた二人の使番にも申したが、これ以上寺内弥之助にはかまわないでもらいたい。わたしがいいたいのはそれだけです」

永井は口を引き結んで龍安を見つめてきた。

しばらくの沈黙。二人の間に、行灯のうすい煙がたなびいた。

「すると、寺内は生きておるのだな」

「わたしが手当てをしましたゆえ……。して、わたしがいま申したことをいかがされまする」

龍安は永井を凝視する。

「……よかろう。その代わり、貴殿の申したことは守ってもらう。三河屋の一件だ」

「守れば、寺内弥之助のことは忘れる。そういうことですね」

「いかにも」

永井は顎を引いて応じた。

「その言葉を信じることにいたしましょう。では、わたしはこれにて……」

龍安はそのまま腰をあげようとしたが、ふと思いだしたように座りなおした。

「ひとつお訊ねしたい。寺内弥之助の上役だった組頭の柴原庄兵衛殿が先日、何者かに襲われ命を落とされた。下手人は二人組だったらしいが、よもや永井様の差し金ではありますまいな」

永井の顔がさらにこわばるのを、龍安は見逃さなかった。

(やはり、そうだったのだ)

「そんなことは知らぬ」

永井は逃げるように視線を外すと、扇子を開いた。

「……さようですか。では、失礼つかまつる」

龍安はそのまま小座敷を出たが、その直後、永井が隣の小部屋に合図を送ったことには気づかなかった。

七

龍安は永井がひとりだったことに疑念を抱きつつも、「みよし」を出た。大名家の側用人ともあろう人物が供を連れていないというのは異例である。しかし、考え方によっては、今夜はほかでもない内密な話であった。

永井の進退に関わるばかりでなく、仁正寺藩にも影響を及ぼす話だったのだ。しかしながら、三河屋の一件について、龍安と弥之助が口を閉じていさえすれば、永井の心配は杞憂《きゆう》になる。小普請入りをした弥之助も、地味な暮らしに戻るだけである。

提灯のあかりを頼りに暗い夜道を歩く龍安は、これで永井が弥之助から手を引いてくれることを願わずにはいられないが、それでも心の内には重いしこりのようなものが残っていた。

音も立てずに降りつづける糠雨は、料理屋の行灯をぼやけさせていた。龍安は町屋を抜け、武家地に入った。来たときと同じ道程だ。

久太郎は帰っているだろうか、弥之助に永井との話し合いを伝えに行こうかと考えたとき、背後に異様な気配を感じた。

龍安は片手に提灯、もう一方の手に傘を持っていて、刀に手をかけることのできない状態だった。背後に殺気が迫っていた。もうその距離は四間もないだろう。相手は息を殺し、足音を忍ばせている。

(いかん。襲われる……)

身の危険を強く感じた龍安は、吸った息を静かに臍下《せいか》におさめつつ、即座に振り返りながら、たたんだ傘を闇に塗り込まれている曲者《くせもの》に投げた。直後、傘がばさりと両断され、閃《ひらめ》く白刃が提灯のあかりに浮かんだ。

龍安は半身を引いて、提灯を投げ捨てるなり、一気呵成《いっきかせい》に刀を鞘走らせた。瞬間、曲者の斬撃が懸河《けんが》の勢いで襲いかかってきた。

龍安はその一撃を刀の棟ではね返すと、とっさに後ろにさがり、刀を左にめぐらせ、休まず撃ち込んでくる相手の頭上めがけ斬りつけた。

曲者は紙一重のところでかわすと、一間ほど後ろに飛びすさり、青眼に構えなおした。投げ捨てた提灯が炎をあげていた。そのあかりが両者の足許を照らしている。

曲者の顔は、赤黒い陰翳《いんえい》をつくっている。

「永井忠兵衛の使いか……」

龍安は問うが、相手は答えない。総身に殺気をみなぎらせ、湿った地面を爪先で噛

みながらにじり寄るように、間合いを詰めてくる。

斬らなければ斬られる。龍安にはそのことがよくわかったし、もはやここで逃げてもことは終わらないと悟った。

龍安は八相からゆっくり青眼に構え、相手と十分に対峙《たいじ》する恰好になった。相手はじりじりと自分の間合いを取りながら、ゆっくり右にまわる。龍安はその動きにあわせ、切っ先三寸に気を込める。

くっと、唇を引き結び、双眸《そうぼう》を光らせる。糠雨が顔に張りついてくる。右にまわっていた曲者の足が止まった。刹那、迅雷の突きが送り込まれてきた。龍安が体をひねってかわすと、曲者は下段から刀をすりあげてきた。

龍安は半間後ろに跳んで逃げる。どんと、背中が旗本屋敷の板塀にぶつかった。そのわずかな隙を逃さず曲者が躍り込むように撃ち込んでくる。

龍安はさらに横に逃げた。提灯が燃え尽きようとしている。火が消えれば、漆黒の闇である。勝負はその前につけなければならない。

曲者は呼吸を整え、刀を構えなおした。そのわずかな時間に、龍安も体勢を立てなおしていた。誘い込むために、刀をゆっくり右に倒し、左胸を開けてやった。だが、相手は挑発にはのらずに、あくまでも自分の間合いで攻撃を仕掛ける腹だ。

龍安は構えを青眼に戻した。直後、相手の右足が動くのがわかった。龍安は半円を描くように気を込めた刀を頭上に移すと、踏み込んできた相手の峻烈《しゅんれつ》な一撃を、わずかに右にかわし、愛刀に気を充したまま斬り下げた。

たしかな手応えがあった。

「ぐッ……」

曲者はがくっと膝からくずおれた。

龍安はすかさず近づくと、曲者の刀を踏みつけて、自分の刀を曲者の首にあてがった。

「名を申せ」

「……ううッ」

曲者は痛みにうめくだけだった。斬られた左肩を、刀から放した手で押さえた。

「いえ」

龍安は突きつけている刀に力を入れた。

「……殺せ。うッ……」

燃え尽きようとしている提灯の炎が、苦しそうな男の顔を照らした。しかし、それは一瞬のことで、ついに提灯の火が消えた。

龍安は静かに立ちあがった。男はその足許で、激しい呼吸を繰り返していた。永井の使いだというのは明らかである。しかし、もうそれを問おうとはしなかった。斬った感触から、男の傷は深く出血がひどい。運がよければ助かるだろうが、長くはもたないはずだ。

龍安は懐紙で刀を拭くと、そのまま男を置き去りにして、その場を離れた。自分を殺しに来た相手に慈悲をかけるほど、龍安はお人好しではない。

自宅に戻ると、川口屋の寮に美津の様子を見に行っていた久太郎が帰っていた。足拭きを差しだす精蔵が、低声《こごえ》でどうなりましたと聞くのへ、龍安はうまくいったと、短く答え、居間に行って腰をおろした。

「向こうの様子はどうであった？」

龍安はさっき命を狙われたことなどおくびにも出さず、久太郎に訊ねた。

「それが驚きなのです。寺内さんのご新造は自分で歩けるようになっておりました。それに、先生のおふくろさんがたいそうな世話ぶりで、ご新造もにこにこと話をされます。おいらは何がどうなっているのやら、狐《きつね》につままれたような気分でした」

「美津殿の食はどうだ？」

「それも不思議なことなんです。先生のおふくろさんが作るものなら何でもおいしくいただけると、顔色もずいぶんよくなっております。とんでもない変わりようですよ。それからご亭主の寺内さんのことを、心配されておりました」

「余計なことはいわなかっただろうな」

龍安が目を厳しくすると、久太郎は鼻の前で手を振り、

「忙しくしているようだと、それしかいっておりません。おいらにはお武家のことはよくわからないからと……」

といって、精蔵を見て目をぱちくりさせる。

「そういうことであるなら近いうちに迎えに行けるだろう。それにしても、あのおふくろは……」

あきれたように首を振る龍安は、すでに明日のことを考えていた。

永井忠兵衛が藩邸の用部屋に入ると、それを待っていたように浅尾と小久保がやってきた。永井はすぐに部屋に招じ入れると、隣の間に人がいないのをたしかめてから、

「いかがした？」

と、二人の使番を眺めた。

「それがとんとわかりませんで……」

浅尾が気まずい顔で報告すれば、

「龍安の家を見張るのも躊躇《ためら》われましたので、あの者の母御の住まいを探しあてたまではよかったのですが、とんとその行方がわかりません」

と、小久保も心苦しい顔で言葉を添えた。

「さようか……」

永井は短く嘆息して、そばの文机《ふづくえ》に肘《ひじ》をついた。

「いかがいたしましょう」

気まずい沈黙をいやがるように、浅尾が伺いを立てる。

永井は「みよし」でかわした龍安との約束を頭の中で反芻《はんすう》した。龍安は寺内のことを忘れるなら、三河屋の一件を忘れるといった。しかし、いまごろあの医者は生きておらぬかもしれぬと、思いもする。

永井は宙に据えていた視線を、浅尾と小久保に戻した。

「寺内弥之助のことは忘れよう。あの者も自ら、三河屋の一件を口にできない身だ。もし、口にすれば自分の首を絞めることになる」

「では、このまま何もしないでよいということでございましょうか……」

浅尾は安堵《あんど》したような顔つきになり、目を輝かせた。

「当面、静かにしておこう。国許の動きが気になっていることでもある」

そのとき、表で騒がしい声があった。大変だ。誰か医者を呼べなどと声をあげている。

「何事でございましょう?」

浅尾が表に目を向けたので、永井は立ちあがって縁側に立った。門のそばに人がたかっている。その中に倒れているひとりの男がいた。

(もしや、河瀬鉄之進では……)

妙な胸騒ぎを覚えた永井は、踏み石にあった草履を履いて騒ぎの起きているところへ行った。怪我をして倒れているのは、やはり河瀬鉄之進だった。家来たちがひどい怪我です、刀を杖代わりにして戻ってきたのですと告げれば、別の者が喧嘩でもしたか、それとも辻斬りにでもあったのか、相手は誰だと鉄之進に問いかけている。

「下がれ……」

永井は家来たちをかきわけて、鉄之進のそばにしゃがみ込んだ。荒い息をしている鉄之進の肩口から胸にかけて、べっとり血がついていた。提灯のあかりに浮かぶその顔には血の気がなかった。

「河瀬……」

永井が声をかけると、鉄之進は苦しそうに頭を動かして目をあわせてきた。それから、だめだったというように、ゆっくり首を振った。永井は唇を噛むと、

「誰か表を見まわってこい、曲者がいるやもしれぬ」

と、周囲の者に指図した。

鉄之進はそのまま藩邸内にある長屋に運び込まれたが、医者の手当てを受ける前に息を引き取った。

永井は龍安の尾行を危惧したが、その気配はなかった。

八

雨あがりの朝は清涼であった。

しっとり濡れそぼった庭の木々は、朝日に照り輝いている。鳥たちも天気の回復を喜んでいるのか、いつになく楽しそうにさえずっていた。

うす緑色の若葉を眺めながら身支度を調えた徒頭の吉井宇右衛門は、妻から大小を受け取ると、玄関に向かった。そのとき、表から駆け込んできた家来がいた。

「お殿様、どうしても会いたいという医者が来ております」

「医者……」

宇右衛門には覚えはなかった。約束もしていない。

「いったいどこの医者だ?」

「はは、菊島龍安と申しております。先日亡くなられました組頭の柴原様のことで、どうしてもお殿様にお訊ねしたい儀があると」

「なに、柴原のことで……」

宇右衛門は顔を曇らせた。出勤前の忙しい時間ではあったが、柴原の名を出されては気がかりである。

「よし、通せ」

宇右衛門はそういうと、客座敷にさがって菊島龍安を待ち受けた。

龍安は取次の家来の案内で、吉井宇右衛門の待つ客座敷に行き、まずは慇懃に挨拶をした。宇右衛門はおもしろくなさそうな仏頂面でうなずいただけで、

「して、訊ねたいことがあるそうだが、いったいどのようなことだ?」

と、鋭い眼光を向けてきた。

龍安はいい座敷だと、いたく感心した顔で、開け放されている縁側の向こうに見える築山《つきやま》を見て、宇右衛門に視線を向けた。

「わたしは横山同朋町で医者をやっておりますが、以前は北町奉行所の検屍役を務めていたことがあります。そのようなことで、お奉行の石谷因幡守《いしがやいなばのかみ》様とも顔なじみで、外役の同心らとも親しくお付き合いをさせてもらっています」

「ふむ……」

それがどうしたといわんばかりの顔で、宇右衛門は鼻を鳴らした。

「吉井様の配下にいた柴原庄兵衛様が凶刃に倒れられましたが、わたしの耳に妙な声が届いてまいったのです」

「妙な声……」

宇右衛門は眉宇をひそめた。

「それが、仁正寺藩の家来からです。吉井様と仁正寺藩の側用人がただならぬ間柄であると」

「何を申したいのだ」

宇右衛門は語気を荒げ、さも不機嫌そうな顔になった。

「吉井様は仁正寺藩の側用人・永井忠兵衛様とご昵懇《じっこん》だということですから、彼の藩

がいかようなことに苦しみ、その策を練っているか少なからずご存じだと思いますが、過日、本石町の菓子商・三河屋七兵衛が何者かに惨殺されました」

「おい、菊島とか申したが、わしは登城前ゆえ忙しいのだ。わけのわからぬ戯言《ざれごと》を聞いている暇はない」

「では、はばかりながら申しあげます。三河屋暗殺に吉井様がからんでいたという話はいかがでございましょう。さらには、組頭の柴原庄兵衛様の死にも吉井様の名が出てきたらいかがなさいます」

龍安は口許に笑みを浮かべた。

対する吉井の顔色が紅潮し、そして白くなっていった。

「わたしは申したとおり御番所に顔の利く医者。さらには、お奉行の石谷様は幕府大目付と深いつながりのある方です」

「貴公、わしを脅しに来たのか」

「これは異な事を……。わたしの話が脅しに聞こえますか？」

「な、なんだと……」

吉井は膝の上の拳《こぶし》を強く握りしめた。その指が白くなる。

「ついてはお願いがございます。聞いていただければ、わたしは三匹の猿になりま

す」

「三匹の猿……」

「見ざる聞かざるいわざるでございます」

うむうむとうなった吉井は、忌々《いまいま》しそうに願いとは何だと聞いた。

「柴原様の組衆に寺内弥之助という者がおりました。この者はいま小普請入りになっているのですが、この者を元の役目に戻していただけないものでしょうか。それができなければ、他の役へのお引き立てをお願いしたいのでございます」

吉井は困惑の顔になって、視線を忙しく宙に彷徨《さまよ》わせた。龍安は口許にやわらかな笑みを浮かべたまま返答を待った。

「……寺内弥之助と申したな。調べて考えることにいたす」

「取り立てていただけると約束はできませんか？」

吉井はぎんと、目に力を入れて龍安をにらんだ。

それからさも悔しそうに口をゆがめると、

「よきに計らおう」

と、苦しそうな声を漏らした。

吉井宇右衛門の屋敷をあとにした龍安は、そのまま馬喰町の旅籠「よもぎ屋」を訪ねた。

弥之助は暇を持てあましていたらしく、龍安の顔を見るとさも嬉しそうに狭い客間に迎え入れてくれた。もっともその表情は心から明るいわけではない。

「伝えたいことが二つほどある。ひとつは美津殿の病状が著《いちじる》しく快方に向かっているということだ」

「まことでございますか」

弥之助は目を大きくして、身を乗りだしてきた。

「食も進むようになり、立って歩けるようになったそうだ」

「まことにまことに……あの美津が、そうなりましたか。何もかも先生のおかげでございます」

弥之助は感激したらしく、目に涙を潤ませた。

「それからそなたの役目だが、いずれ近いうちにお引き立てがあるはずだ」

弥之助はますます目を大きくした。

「いったいなぜそのようなことに……」

「わたしにもよくはわからぬが、おそらくそうなるようなことを、あるお方から耳に

した。その人の名を明かすことはできぬが……」

「では、小普請組入りはなかったことになるのでしょうか？」

「おそらく……」

「しかし、あの仁正寺藩の使番や側用人のことがあります。このまま無事にすむかどうか……もし、あの一件が明るみに出れば……」

「懸念するな。あの件は、わたしが永井殿に会って話をまとめてきた。三河屋には気の毒なことだが、あの一件はお互いに口をつぐんでおれば、表沙汰になることはない。それに知っている者も少ない。誰しも人にいえぬことを、ひとつぐらいは背負って生きているはずだ。忘れろといっても、すぐには忘れられぬだろうが、少なくともそなたは手をかけた人間ではない。重荷に思わぬことだ」

「そういっていただけると、少しは気が楽になります」

弥之助はそういってうつむいたが、すぐに顔をあげた。

「それで先生、わたしはいつまでここにいればよいのです？」

「明日、迎えに来る。その足で、美津殿に会いに行こうではないか。だが、傷の具合はどうだ？」

「もう大分癒えました。痛みもありませんし、動くことに何ら差し障りはありません。

美津に傷を見つけられても、うまく誤魔化すことにします。もっともしばらく見せないようにいたしますが……」

「うむ。そうしたほうがよかろう。では、明日までの辛抱だ」

九

永井忠兵衛が徒頭の吉井宇右衛門から呼びだしを受けたのは、その日の暮れ方だった。家来から呼びだしの書状を受け取ったとき、永井はいつもと何かがちがうと思ったが、早急に大事な話があるという旨のことが書かれていたので、約束どおりに藩邸を出た。

書状は読んだあと指図にしたがい燃やしたが、それもこれまでにないことだった。しかし、三河屋暗殺でしくじりをおかし、柴原庄兵衛暗殺をもしているいま、吉井宇右衛門の呼びだしを断ることはできなかったし、永井には相談したいこともあった。供につけた浅尾と小久保は怪我をしている身であるが、藩邸と吉井家を往復するだけである。常になく用心をする必要を感じなかった。

昨夜とちがい、その夜は明るかった。夜空を流れる白い雲を見ることさえできた。

ゆるやかに吹く風を受けながら、永井は牛込にある吉井家をめざした。

すでに宵五つ（午後八時）を過ぎているので、人の姿は少なかった。近道をするために九段坂を上り、飯田町を抜けるつもりだった。

浅尾も小久保も、吉井の呼びだしが何であるのか気になっているようだが、あえてそのことを口にすることはなかった。三人は口数も少なく、夜道を急いだ。

鎌倉河岸からお堀沿いに進み、俎橋《まないたばし》が近づいたときだった。右側に広がる武家地の脇道からひとつの黒い影が現れた。それは一陣の風のように、地を蹴立てて走ってくる。

永井は気にせずにやり過ごそうとしたが、現れた影が腰のものを抜いたので慌てた。とっさに、浅尾と小久保が前に出て永井を守ろうとしたが、黒い影は駆け抜けざまに小久保の胸を断ち斬り、返す刀で浅尾の胸を斬りあげた。

二人の悲鳴がほぼ同時に発せられ、小久保が片膝を折って、そのまま前のめりに倒れた。浅尾もあとを追うように、体を反転させながらばたりと大地に倒れ伏した。

そのあまりにも鮮やかな手並みに、永井は恐れをなし、刀を抜くのも忘れ、おののきながら後ずさった。黒い影は頭巾を目深に被っていた。

「永井忠兵衛、天誅《てんちゅう》である。人の命を虫けらのように扱う者を生かしておくわけに

はまいらぬ。覚悟」

「あ、きさまは……」

声に覚えのあった永井はやっと刀の柄に手をかけたが、そこまでだった。

斬り込まれてきた刀が、ずんと、肩口から全身に痛みを走らせたと思う間もなく、永井は脾腹《ひばら》に熱い衝撃を受けた。刀を抜くこともできず、脇腹に手を添えると、血が噴きこぼれていた。

全身から力が抜け、立っていることもままならず、永井はひざまずくようにうずくまった。意識が急激に混濁していくのがわかる。目もぼやけはじめていたが、男の姿を認めることができた。

すでに刀を鞘に納めている男は、じっと自分を見下ろしていた。

「こ、この……たわけた、い、医……」

永井はすべてをいい終わらぬうちに、がっくりと首をうなだれ、横に転がるように倒れた。

十

大川はうららかな陽光の下で、ちらちらと光り輝いていた。

筏舟《いかだぶね》が滑るように下ってゆけば、二人の船頭が漕ぐ荷舟は鈍重そうに川を遡《さかのぼ》っている。

墨堤《ぼくてい》の桜もかなり散っており、もう花はいくらもなかった。むろん、花見客の姿もない。それでも土手下から匂い立つ草いきれは、また新たな季節のうつろいを感じさせた。

龍安と弥之助は西蔵院《さいぞういん》の前を過ぎたところだった。右手に広がる畑地から勢いよく飛び立つ鳥の姿があった。

雲雀《ひばり》だ。

空にはその番《つがい》が舞っており、甲高《かんだか》い声をあげながら急降下して畑地の中に消えていった。

「長く歩いたが、傷にさわりはないか？」

龍安は隣を歩く弥之助を見た。

「もう何ともありません。先生の治療がよかったのです。痛みもなにも感じません」

「それはよかった。治りが早いというのは、それだけ体が若いという証拠だ」

弥之助は何やら思い詰めた顔で歩く。美津がどの程度治っているか心配なのだろう。龍安も久太郎の報告を受けていたが、実際この目で見るまでは信じがたいものがあった。

やがて木母寺の甍《いらか》が見えてきた。もう、川口屋の寮までほどない。

正木をめぐらした生垣の向こうにその寮が見えた。木戸門の前で、手拭《てぬぐ》いを姉さん被りにして地面を掃いているお久《ひさ》の姿があった。

「あら……」

二人に気づいたお久が動かしていた箒《ほうき》の手を止めて、深々と頭をさげた。

「美津殿の具合は大分よくなったと聞いたが、どうだ？」

龍安が声をかけると、お久は嬉しそうに顔をほころばせた。

「大分どころではありませんよぅ。もうすっかりよくなられております。お会いになればすぐにわかります。旦那さん、ほんとにわたしも信じられないぐらいなんですから」

お久は声をはずませて龍安と弥之助を見た。

二人は、揃ってそのまま玄関に入った。と、庭に面した奥の座敷で、美津とあきが活け花をやっているのが見えた。いかにも楽しげで、くすくすと美津は笑いを漏らしている。

「おや、これは待ち人のご登場でありますか」

あきが龍安と弥之助に気づいて顔を向けてきた。美津も活け花の手を止めて、二人を見た。

「美津……」

弥之助は呆然《ぼうぜん》とした顔でつぶやいた。

「あなた様……」

そういった美津はすっくと立ちあがると、人の手も借りずに足袋音《たびおと》をさせながら近づいてきた。龍安もその姿に驚いたが、弥之助は信じられないように目をまるくしている。

やがて、美津は二人の前にひざまずき、手をついて頭をさげた。

「すっかりよいのか……」

弥之助の声は心なしふるえていた。

「はい、見てのとおりすっかりよくなりました。これも先生と、先生のお母様のおか

げです。今朝は残さずに朝餉《あさげ》をいただきました」

「まことに……」

弥之助がつぶやくと、奥からあきの声が飛んできた。

「そんなところで立ち話をしてもはじまりませぬ。早くこちらにおいでなさい。お久、お茶を淹れてくださいな」

龍安たちは活け花の途中だった座敷にあがった。

美津と向かい合って座った龍安は、彼女の顔色を医者の目になってみたが、血色もよく、肌つやも生き返ったようになっている。心なし太ったようにも思える。

「美津殿、いつからそうなった？」

「ここに移ってきてから気分がよくなり、体に力が入るようになりました。それから先生のお母様がいらしてからは、ますます気が楽になり、食が進むようになったのです」

「母上……」

龍安はあきをにらむように見た。

「なんですか、その目は。敵《かたき》を見るような目をするものではありません。とにかくお美津さんは、組屋敷がいやだったのですよ。窮屈な思いをずっとされていたのです」

「組屋敷が……」

目をしばたたく弥之助にはかまわず、あきがつづける。

「お美津さんは武家の生まれではない、商家の生まれでございましょう。ご亭主とめでたく結ばれたのはよいけれど、やはり近所付き合いが苦しかったのですよ。よくよく話してわたしはそうだと思ったのです。すると、案の定でした。心を開いて話せる人がいないのは苦しいものです」

美津は恥ずかしそうにうつむき、自分でも気づかなかったのですとつぶやく。

「わたしは叱りつけましたよ。甘えているんじゃありませんと、人に頼ろうとするあなたの心に病《やまい》があるのですと。もっと強い心をお持ちなさいと。すると、どうです。ちゃんとお美津さんはできるようになったのですよ」

「いいえ、叱られたのではありません。励まされたのです。それに、お母様はわたしの肉親のように思いやりのあるお方で、遠慮なく話すことができます」

「お美津さん、いいから話しておしまいなさい。これはいい機会ですよ」

あきは美津を見て勧める。

「あなた様に迷惑をかけてはいけない、あなた様の気分を害してはいけないと思いつづけていたのです。ほんとうはそれがいけなかったのだと気づかされました」

美津はそう前置きして、これまで気に病んでいたことを話していった。

それは、隣近所の妻女たちの冷たい目であった。高飛車なものいいをされ、嫌《いや》みをいわれつづけてきた。ときに、後家の分際で、などとひどい中傷も受けた。

黙って話を聞いていた龍安は、なるほどそうであったのかと納得した。軽輩とはいえ弥之助はれっきとした幕臣である。それに武家社会には目に見えない厳しさがある。旗本の屋敷で武家奉公を経験した美津も、実際、武家に嫁《とつ》ぐと勝手がちがうことを思い知らされたのだ。

生まれながらの武家の女と、商家出の女では、自ずと習慣もしきたりも異なる。それは些細《ささい》なことかもしれないが、小さなことが徐々に美津の心に鬱積《うっせき》して、ついに神経を病んでしまったのだ。

「正直に申しますと、もうわたしはあの屋敷には戻りたくありません。あんなに暮しにくいところに戻れば、わたしはまた倒れてしまうような気がしてならないのです。もちろん、わたしの勝手な我儘《わがまま》だというのはわかっておりますが、どうかお許しください」

すべてを話し終えた美津は目に涙をためて、深々と頭をさげた。

一言も聞き漏らすまいという顔をしていた弥之助は、きゅっと唇を引き結び、わず

かに頬を紅潮させていた。その目には怒気が含まれているようだった。

「わたしと離縁したいと申すか……」

はっと、美津は顔をあげて、怯《おび》えたように夫を見た。

「わたしは離縁などしない。美津……申しわけなかった」

弥之助はそういって、両手をついて額を畳にすりつけた。

「そばにいながら、そんなことに気づかなかったわたしが悪かったのだ。許してくれ。そんな苦しい思いをしていたとは……しかし、なぜいってくれなかった」

「弥之助さん、いえなかったのですよ。夫の仕事に差し障りがあってはいけないと、お美津さんは、気を遣われたのです。それでも、そのことに気づかなかったあなた様は馬鹿です」

龍安は遠慮のないことをいう母親をキッとにらみ、口が過ぎるというように首を振ったが、あきは平気の平左《へいざ》という顔つきだ。弥之助も「たしかに、わたしが至らなかったのでしょう」と、あきの言葉を真摯《しんし》に受ける。

「美津、わたしは考えたことがある。これは先生も聞いていただけますか」

弥之助が顔をあげて美津と龍安を見た。

「わたしは士分《しぶん》を捨てようと思います。もう、幕臣でいることに疲れました。嫌気が

さしました。もっと人間らしい暮らしをしたいと、ここしばらく考えていたのです。そのためにはどうすればよいかといきついたのが、士分を捨てることです」

「士分を捨ててどうする？」

龍安だった。

「美津は板橋で育っております。だったら、その板橋に行って町道場でも開こうかと考えます。いえ、別の商売でもよいのですが、美津がそれでよければそうしたいと思います。それに、あの組屋敷を離れられもします。美津のためにもそれがよいはずです」

「あなた……」

「美津、わたしを信じてついてきてくれぬか」

そういう弥之助をまじまじと見つめる美津は、大きくみはった目に、みるみると涙をため「ついていきます。ありがとうございます」と、いうなり、大粒の涙をぽろぽろと頬につたわせた。

「すまなかったな、美津……」

謝る弥之助は美津の両手をしっかりつかんでうなずくと、さっと龍安に正対した。

「先生、先生にはこの度は何かとお世話になり、なんとお礼を申してよいかわかりま

せん。しかし、先生にわたしは謝らなければなりません。最初に美津を診てもらったとき、わたしは先生のことをやぶではないかと思いました。だが、それはわたしの大きな思いちがいでございました。先生は名医です。そう思い知らされました。わたしの無礼をどうかお許しいただきたく存じます。申しわけございませんでした」

「弥之助、わたしは何も気にしておらぬ。美津殿が治ってさいわいだ。それに、病の因がなんであったかわかったことは、わたしの勉強にもなった。さ、顔をあげてくれ」

「な、なんとおやさしい……くくッ……」

弥之助は感激したのか、顔をあげることもできず、肩をふるわせた。畳にぽたぽたと弥之助の涙が落ちた。茶を運んできたお久は、湯呑みを差しだすのも忘れ、そばでもらい泣きをしている始末だった。

「なんだか湿っぽくなってしまったじゃありませんか。さあさあ、みんな明るく笑って」

あきの声で、みんなはほろりと笑い、互いの顔を見合わせた。

その夜、弥之助は久しぶりに美津と夫婦水入らずで過ごし、翌朝、組屋敷に帰りその後の支度をするといった。

龍安もあきもそれがいいといって、二人揃って川口屋の寮を出た。

「そなたはさばけた医者といわれているようですけれど、わたしのほうがよほどさばけていると思いませんか」

年老いた母ではあるが、口も達者であれば体も達者である。龍安と並びながらさっさと歩く。

「母上にはかないません」

「それにしてもいい夫婦ではありませんか。弥之助さんも、気のやさしい人でありました」

「たしかに……」

「もう桜は終わりですね。名残の桜がちらほらとついてはおりますが……」

急に話題を変えるのは年寄りにありがちなことだ。龍安は「そうですね」とあわせる。

たしかに、先日まで満開だった桜の木には、いまにも落ちそうな花びらがところどころに見られるだけだった。

「そうそう、弥之助さんから何もかも聞いておりますが、どうなったのです。もちろんこのことはお美津さんには漏らしておりませんが……」

あきが顔を向けてくる。

「何もかもうまく収まりがつきました。母上の心配することではありません」

「そうでありましたか。それは何より。ところで龍五郎……」

「はい」

「そなたの後添いはいかがいたします。早く決めないと、いたずらに年を重ねるばかりですよ。いったいいくつになったと思っているのです」

龍安はこれはいけないと思った。この話が出ると、母親はしつこく後添いについて話しつづける。

しばらくうわのそらで聞きながら、逃げる口実を考えた。あきは飽きずに後添いの話をしている。どこそこにいい娘がいる、商家の娘がよいか、武家の娘がよいか、年は少しぐらい離れていても若い子がいいのではないかなどと、とめどない。

「母上、わたしは先に川口屋に話をしに行かなければなりません。明日は、あの寮を弥之助と美津殿が払いますからね」

「何ですか急に。それはあとでもよいではありませんか」

「いいえ、こういうことはきちんと先に話しておかなければ礼を失します。では母上、ここまで来ればもうひとりでも大丈夫ですね」

「まあ……」

すぐ先に吾妻橋が見えるところだった。

「疲れたら舟を拾われるとよいです。では、わたしは先に……」

さっさと離れた龍安の背中に、あきの声が飛んできた。

「わたしは早く孫の顔が見たいのです」

# あとがき

過日、短い里帰りをした。墓参りと法要が目的だったが、自分なりに有意義だったし、年老いた両親と久しぶりに会えたのもよかった。

その折、わたしは早朝の散策をした。昔遊びまわった野の畦道《あぜみち》や川縁の道、あるいは山に通じる道を辿《たど》ってみた。護岸工事や農地整備が進んだおかげで、少年時代とはずいぶん風景が変わっていた。昔遊んだ田圃道《たんぼみち》や畑道は消えている。

土道だった野路はアスファルトに変わり、またその経路も変えられていた。澄んでいた川の水は濁り、魚もあまりいそうにない。

昔のほうがはるかによかった。時代が進んでなにかと便利になったようだが、それは上辺のことだと気づく。頻繁に通っていたバスは極端に少なくなり、近所にあった商店もなくなっている。なにをするにも、どこへ行くにも車がないと不便である。

また、季節のうつろいを豊かに見せていた風景が乏しくなっていることに、一抹の

淋しさを覚えた。しかし、朝の涼気を吸いながら道を拾っているうちに、自分のなかに少年だったころの記憶が甦《よみがえ》ってきた。

瞼《まぶた》の裏にありありと、幼かったころの野や山や川が浮かびあがったのだ。それがわたしのなかにある郷里の原風景である。

道は土である。雨が降れば水溜《みずた》まりができ、暑い夏は土埃《つちぼこり》が立つ。道の脇には水路があり、澄んだ水がちょろちょろと心地よい音を立てて流れている。

遠くには高く聳《そび》える山がかすんでいる。その山の背後から日が昇り、また遠くのなだらかな山稜に日が沈んでゆく。

近所の山や雑木林は季節ごとにその色を変えた。春は新緑と桜などで彩られ、緑を濃くした夏には蟬《せみ》の声がかまびすしい。水田で育ちはじめた稲が風に吹かれると、それはまさに波打つ緑の絨毯《じゅうたん》であった。秋になればきれいな紅葉が見られ、冬になると雪に覆われる。

鳥たちが鳴き、虫が鳴き、蛍《ほたる》が飛んでいた。初夏には燕《つばめ》が、冬には鴨や白鳥などの渡り鳥がやってきた。また、当時は街灯が極端に少なかった。日が暮れて近所に出かけるときは、懐中電灯を持たなければならなかった。

しかし、明るい夜がある。皓々《こうこう》と照る月夜であるとか、いつになく星明かりの強い

夜だ。そんなときには、道に月影や星影ができた。

まず、都会では考えられないことだろう。しかし、江戸のころはどうだったか？　時代小説を書くわたしは、すぐにそんなことを考える。おそらくたいした差はなかったはずだ。するとわたしは少なからず江戸のことを再現できるのだと気づく。

都会で育った人より、その点は有利のはずだ。もちろん、それは表現力（描写力）次第ではあるが、つくづく田舎に生まれてよかったと思った。本作『さばけ医龍安名残の桜』にも、また先般、三遊亭圓朝を主人公にした『圓朝語り』（徳間書店）を刊行したが、その作品にもそれらのことは活きていると思うし、そうでなければならない。

稲葉　稔

この作品は徳間文庫のために書下されました。

徳間文庫

さばけ医龍安江戸日記
名残《なごり》の桜《さくら》



2011年9月15日 初刷

著者 稲《いな》葉《ば》稔《みのる》
発行者 岩渕徹
東京都港区芝大門二－二－二〒105－8055
発行所 株式会社徳間書店
電話 編集〇三(五四〇三)四三五〇 販売〇四八(四五一)五九六〇
振替 〇〇一四〇－〇－四四三九二
印刷 株式会社廣済堂
製本 東京美術紙工協業組合

ISBN978-4-19-893427-9 (乱丁、落丁本はお取りかえいたします)

# 徳間文庫の好評既刊

**稲葉 稔**

問答無用

鬼は徒《あだ》花《ばな》

**書下し**

極悪非道な盗賊の頭の〝黒緒の金松〟を葬るよう密命を受けた佐久間音次郎は居所を探るため、再び牢屋敷に戻ることになった。牢内で掴んだ手がかりをもとに奔走する。そんな音次郎にある知らせが届いた。ついに妻子殺しの真相が明らかになる!?

---

**稲葉 稔**

問答無用

亡者の夢

**書下し**

亀戸村で庄屋一家殺しが起きた。音次郎に下手人成敗の密命が下される。一方、妻子殺しの敵として誤って父親を殺された浜西晋一郎は音次郎の消息を追っていた。下手人を突き止め、油船・三國丸の船上で剣をふるう音次郎だが、そこに晋一郎が現れた。

徳間文庫

さばけ医龍安江戸日記

# 名残の桜

稲葉　稔



徳間書店